밀항선 하나에
두 명의 사냥꾼

밀항선 하나에
두 명의 사냥꾼

제1판 1쇄 2025년 6월 5일

지은이 고호
펴낸이 이경재
책임편집 비비안 정

펴낸곳 도서출판 델피노
등록 2016년 8월 11일 제2020-000082호
주소 서울시 양천구 신정중앙로 86, 덕산빌딩 5층
전화 070-8095-2425
팩스 0505-947-5494
이메일 delpinobooks@naver.com
ISBN 979-11-992156-1-0 (03810)

밀항선 하나에 두 명의 사냥꾼

고호 장편소설

델피노

목차

프롤로그

중국 길림성 안도현 이도백하진 내두산촌.

곳곳에 오성홍기중국 국기가 붉은 지붕들 사이에 나부끼는 이 작은 시골 마을에는 조선족들이 모여 살고 있다. 지나는 노인에게서 말끝마다 특유한 억양의 '-마'가 심심찮게 들리는 까닭도 그래서이다.

오전까지만 해도 맑았던 하늘은 어느새 먹구름으로 뒤덮였고, 앙상한 나뭇가지들이 저마다 몸을 떨기 시작했다. 곧 비가 올 터였다.

천장의 먼지 낀 전구에서 불빛이 깜박거리는 실내.

국그릇을 단숨에 비운 라 서기는 입가심이라도 하듯 볶은 양파를 입안에 욱여넣고 자리에서 일어났다. 그러자 여인이 주춤하며 뒷걸음질을 쳤다.

"내 돈 빌리간 기 벌써 반년이야."

"미안함다."

여인이 두 손을 괜스레 만지작거렸다. 위에서 내려다보니 옷섶 사이로 야윈 가슴뼈가 도드라져 보였다. 못 먹어서다. 그럼에도 여인은 수려한 미모를 자랑했다. 어떻게든 그녀를 시골 아낙으로 주저앉히려는 시어머니의 의도가 무색하게. 가느다란 목과 새하얀 피부를 자랑하는 여인은 마을에서 보기 드문 젊은 색시였고, 용모 또한 훌륭해서 소문이 자자했다. 과연 시어머니와 남편의 조급함을 부추길만하다– 라고 라 서기는 생각했다.

"나르 우숩게 보구있지?"

낡아빠진 난닝구를 입은 라 서기가 보다 더 가까이 다가왔다. 금방 위압적인 분위기가 형성됐다. 입에서는 말 할 때마다 미지근한 매운 내가 풍겼다.

"그럴 리가 있슴까."

라 서기는 외로 꺾은 여인의 얼굴을 문득 들여다보더니,

"니 누깔눈이 와 기내?" 눈살을 찌푸리며 물었다. "또 얻어맞았니?"

"아, 아님다. 우리 집 나그네남편는 어제 안 들어왔슴다."

"엠나… 그리 처맞구두 나그네 소리가 나오니? 비우도 좋다야."

말투 어딘가에서 남편에게는 없는 다정함이 묻어나 있었다.

"……"

"내 니 한국 보내주까?"

"……?"

"려비도 내가 주께. 배편은 얼마든지 잡아줄 수 있구."

"무슨 소림까…?"

여인이 고갤 들어 라 서기의 눈을 똑바로 쳐다보았다. 라 서기는 여

인의 턱을 약하게 쓰다듬으며 말했다.

"굴뚝 부서진 집 알지? 황 가네 딸년들. 걔들두 내가 몇 년 전에 한국 보내줬어. 구로공단이란 데서 떼돈 벌었다구. 한국가지? 니두 팔자 피는 기야. 거 툭하면 뚜들겨 패는 쌍간나 새끼랑두 안 살아두 되구 얼마나 좋니. 한국서 자리잡으므 기때 애도 데꾸가면 됐지. 안 기네?"

"…생각을 좀…"

"생각하고 자시고 할 게 머 있니. 대신 내 소원만 들어줘. 들어주므 바로 보내주께."

라 서기의 끈적한 눈길이 여인의 온몸을 훑었다.

＊ ＊ ＊

초저녁.

한참을 달려오다가 어느 노목 그루터기쯤에 와서야 숨을 골랐다. 시선은 맞은편 흙집 한 채로 향했다. 다듬어지지 않은 땅 위에 야트막한 돌담이 건성으로 빙 둘러져 있고, 그 너머 마당에는 빨래가 비에 처억하고 젖은 채 멋대로 늘어져 있었다. 그리고 잿빛의 흙집. 바로 거기 작은 뙤창으로 아이의 얼굴이 얼핏 보였다 사라졌다를 반복했다. 그 작은 키로 깡충깡충 이쪽을 내다보고 있는 것이다.

몇 해 전, 저 흙집으로 처음 팔리듯 시집 왔을 때의 일이다. 그 해 불어 닥친 태풍에 성한 곳이 없어 너덜거리던 창살을 그 집 한족 삼부자는 고치는 법이 없었고, 오로지 여인의 몫이었다. 어미를 도와 일이라도 할라치면 아서라 하던 섬섬한 고운 그 손으로 벽에 진흙을 바르고, 창살을 단단히 엮고, 도배를 하고, 부뚜막에 솥을 걸었다.

그간 숱하게 겪은 일들을 떠올리다 이내 질끈 눈을 감고 말았다.

"마!"

우렁찬 아이의 목소리에 다시 눈이 떠졌다. 오가는 인적이 드문 것을 확인한 뒤에 몸을 숙여 재빨리 그리로 향했다. 그리고 문을 열기에 앞서 흐트러진 머리칼을 정돈하고, 옷매무새를 고치는 것을 잊지 않았다. 아이에게서 아비가 아닌 다른 사내의 비린내를 맡게 하고 싶지 않았기 때문이다. 아이는 도무지 오지 않는 엄마를 생각하며 한바탕 울었는지 양쪽 소매는 콧물로 하얗게 굳어 있었다.

"마!"

"니 어마이 말 잘 들어야 된다?"

다짜고짜 그렇게 말하고는 가방 주머니에서 초콜레트 단설기 하나를 꺼내 손에 쥐어 주었다. 꾸깃꾸깃한 포장을 뜯은 뒤에 납작 눌려 결코 먹음직스럽지 못한 그것을 아이는 작은 입으로 가득 베어 물었다. 좋다고 웃는 맑은 눈에는 가방 속 인민폐 몇 푼과 옷가지들도 언뜻 보였으나 그건 관심 밖이었다. 그저 하나 더 먹었으면 싶었다. 여인은 먹은 게 없어 뼈밖에 없는 아이의 어깨를 꼭 쥐고 말했다.

"니 새 신발 갖고 싶다 했지?"

"쓰아."

그러다 어미의 도끼눈을 보더니 다시 말을 고쳤다.

"응."

"기은 어마이가 디금부터 하라는대루 잘 해야 된다이?"

"응."

"어마이 어디 좀… 열 밤만 멀리멀리 다녀 올 테니까 잠자코 기다리는 거이야. 알겠어?"

"나도 같이."

그러다 라 서기의 말이 떠올랐다.

"한국가지? 니두 팔자 피는 기야.

거 툭하면 뚜들겨 패는 쌍간나 새끼랑두 안 살아두 되구 얼마나 좋니.

한국서 자리잡으므 기때 애도 데꾸가면 됐지. 안 기네?"

"안 돼. 어마이 혼자 다녀와야 해. 닌 기다리라."

"싫어어!"

그러면서 와락 안기려 하자 그 작고 작은 몸을 애써 밀쳐냈다. 아이는 미소가 걷힌 여인의 눈빛을 보자 할 수 없이 풀이 죽은 얼굴로 말을 달리 했다.

"그러면 새 신발. 꼭."

"그래. 꼭."

더 주문하는 대로 엄마가 들어 줄 것 같은 확신이 생겼는지 아이가 신이 나서 덧붙였다.

"반짝반짝 구두!"

"그래. 어마이가 꼭 그런… 고운 구두 사가꾸 올게."

"응…"

그럼에도 영 신이 나지 않는지 마지못해 대답하는 아이의 입에서 단내가 메마르게 풍겼다. 여인은 아이 입가에 묻은 빵 부스러기를 닦더니 와락 껴안았다. 이 작은 몸을 또 언제 안아 볼 수 있을까. 아비란 놈에게 맡겨도 되는 걸까? 여인은 고개를 절레절레 저었다. 아무리 미추과 이^{정신병자}라도 지 새끼인데 그럼, 몇 대 쥐어박을 순 있어도 설마하니 내다 버리기야 하랴. 아이의 콩닥거리는 심장 박동이 떠나는 발목을 붙잡을 것 같자 여인은 서둘러 품에서 떼어 냈다.

뒤돌아서 도망치듯 떠나는 여인의 등에 대고 아이가 울며 소리쳤다.

"엄마아–!!!"

1부

카르텔

어쨌든 분명 인생에는
어떤 의미, 어떤 목적이 있다.

- 조지 오웰 『신부의 딸』

1

경남 남해군 미조면.

매미 울음이 여전히 기승을 부리는 오후 4시.

끼이익- 하고 마을버스가 서자, 이윽고 차체 밑으로 막 내린 발길들이 어지러이 흩어졌다. 마지막으로 꺾어 신은 나이키 운동화 하나가 마지못해 낯선 흙바닥을 내디뎠다.

"으..."

더운 먼지바람을 일으키며 버스가 떠난 자리에 우두커니 선 태열은 그럼 그렇지, 하는 눈으로 적막강산 같은 주변 풍경을 노려보았다. 저만치 자리한 논 곳곳에 덩그러니 놓인 곤포 사일리지^{일명 하얀 마시멜로}, 도무지 3층 이상의 건물이 없어 뵈는 사방, 음메- 하고 들려오는 소 울음. 그리고 바닷내음.

그 실망감은 어린 시절에 마이클 조던의 것인 줄 알고, 아버지가 청계천에서 사 온 비디오테이프를 재생시켰더니 엉뚱하게도 데니스 로드먼이 나왔을 때의 좌절감과 맞먹었다. 아니, 그 이상이다.

태열은 보스턴백을 오른쪽 어깨에 고쳐 메다가 문득 정류장 의자에 앉아있는 한 소년과 눈이 마주쳤다. 언제부터 있었지? 어쩐지 오랜 시간 거기에 있었던 것 같은 녀석은 실망한 얼굴을 하더니 급기야 차오르는 눈물을 서둘러 소매로 닦았다. 기다리던 사람이 안 왔지 싶다. 알 바 아니다.

"야."

태열이 다소 체념한 얼굴로 담배를 입에 물며 불렀다. 아이가 얼굴에서 팔을 내리자 소매엔 손가락 길이만큼의 간격을 두고 눈물 자욱이 묻어났다.

"우체국 가려면 어디로 가야 돼?"

아이는 이 동네에선 흔치 않은 준수한 외모에 말쑥한 차림을 한 태열을 물끄러미 올려다보았다. 태열도 나름대로 그 짧은 시간에 아이의 얼굴을 훑어 내렸다. 숱이 빽빽하니 짙은 눈썹 밑으로 살짝 오목한 눈두덩이, 까맣고 깊은 눈동자, 볕에 그을린 것이 아닌 날 때부터 빚어진 게 분명한 피부색. 그리고 주름진 남방에 체육복 반바지. 농촌으로 시집온 어느 동남아 여성의 자식이겠거니, 하고 재빠른 판단과 함께 지역의 낙후화가 더욱 체감됐다. 아이는 방금 자신에게 실망만 주고 떠난 버스 쪽을 손가락으로 가리켰다. 그러면서 타지에서 온 이 이방인이 몇 마디 더 걸어줄 것이라 기대했는지 입술을 달싹거렸지만, 유감스럽게도 태열에게는 그럴 마음이 없었다. 다만, 뭐라도 줘야겠는지 주머니를 뒤졌지만 결국 멋쩍게 빈손만 흔들고 돌아섰다.

"땡큐."

아이가 가리킨 방향으로 100미터쯤 저벅저벅 걸어가면서 차츰 아이는 뇌리에서 잊혀졌다. 대신에 만족스럽지 못한 이곳의 하나하나가 더욱 선명하게 눈에 밟히기 시작했다. 외지인을 동물원 원숭이 보듯 하는 마을회관 앞 노인, 왠지 최연소지 싶은 50대 마트 배달원, 비닐하우스가 끝나는 지점에서는 중년의 남성이 자전거를 타고 이쪽으로 오고 있었는데 꼴이 가관이었다. 제복 비슷한 옷차림에 어디서 주워 모았는지 애들 장난감 같은 훈장을 앞섶에 달고, 마크로 보아 인근 해양공고에서 나지 않았나 싶은 (그런 게 분명한)군모 같은 것을 쓰고 있었다. 좋게 말해 돈키호테, 솔직히 말하자면 〈세상에 이런 일이〉에서 소재가 떨어질 때마다 한 번씩 쓸 직한 동네 명물.

"어이, 보소! 지덴샤^{자전거, 일본어} 잘 나가네!"

"옛썰!"

그들 나름대로는 익숙해져 더없이 살기 좋겠다, 여기는 그러한 면면들에서 지독한 이질감(혐오감)을 느꼈다. 그런 가운데 드디어 우체국에 다다랐다.

"하…"

줄곧 풍겨오던 출처 모를 소똥 냄새 때문이 아니다. 태열은 우체국 바로 옆 구멍가게만 한 파출소를 가만히 바라보다가 발끝으로 담배꽁초를 힘없이 비벼 껐다.

"시발…"

* * *

우르릉-

그륵- 그륵-

제주도 발, 3시 45분 사천공항 도착 예정인 아시아나 항공 OZ8995편 객실 안.

동체 무게 300톤에 달하는 비행기의 랜딩기어가 바닥을 긁으면서 커다란 소음과 진동을 가져왔다. 그 탓에 잠에서 깬 영춘이 안대를 쓱 내리고 힘겹게 눈을 떴다. 밖을 내다보니 활주로 바닥은 먹빛으로 젖어 있고, 습하고 더운 열기들이 아지랑이처럼 피어오르고 있었다.

승객 여러분. 우리 비행기는 사천공항에 안전하게 도착하였습니다.
기내에 두고 내리시는 물건이 없도록
소지품을 다시 한번 확인해 주시기 바랍니다.

착륙을 알리는 기내 방송이 흘러나오자 곳곳에서 꼼지락대는 움직임과 함께 약한 수다가 산발적으로 들려왔다. 한줌 허리를 자랑하는 승무원이 옆 통로를 지나며 안내 멘트를 이어 받았다. 좌석벨트를 아직 풀지 말고, 수납된 짐은 비행기가 완전히 멈춘 후 꺼내라는 내용이다.

영춘은 노골적으로 쿵쿵, 하고 맡더니 그녀를 불러 세웠다.

"언니?!"

내가 뭘 잘못 들었나? 하는 표정으로 승무원이 돌아보았다. 40대 초반쯤 됐을까? 품이 넓은 샤넬 재킷 차림에 18K의 까만색 금볼 다섯 개가 곡선을 그리듯 체인에 달려 있는 (어쩌면 스와로브스키지 않을까)목걸이를 착용한 꽤 멋있는 스타일의 여자였다. 패션업계에 종사하지 싶은 그녀에게서 어떤 냉담함과 거만함이 동시에 흘렀다. 그것은 곧 보통내기가 아니라는 직감으로 이어졌고, 불행히도 그런 직감은 대부분 맞아서 문제다.

"여기."

영춘이 핑거스냅을 튕기며 잠든 사이 마른 잇몸을 혀로 훑었다. 승무원이 애써 당혹감을 숨기고 다가갔다.

"필요하신 것 있으십니까?"

"무슨 향수 써요?"

"네??"

"향수우."

언제나 그렇듯이 비행을 하다보면 없으면 서운할 진상 타임이라는 것이 존재하기 마련이다. 예측할 수 없는 때를 대비해 늘 경계하지 않으면 안 된다. 그런데 방심했다. 사실 괜히 포켓에 꽂혀 있는 안내서 따위를 보며 구시렁대던 것 하며, 살짝 젖혔을 뿐인데도 앞좌석에 앉은 어린아이에게 입에 담지 못할 욕설을 내뱉었을 때부터 전조증상은 있었다. 그런데 착륙을 코앞에 둔 시점에 돌연 이럴 줄은 몰랐다. 향수? 도대체 무슨 트집을 잡고 싶은 걸까? 규정을 해할 만큼 많이 뿌린 것도 아닌데. 보이지 않는 주의 경보가 오감을 덮쳐올 땐 동요하지 말고 무조건 낮은 자세로 대처하는 것이 현명하다. 이 또한 항공 서비스의 일환이라고 배웠지 않나.

"불편을 끼쳐 드려 죄송합니다."

"뭐가 죄송해요?"

"그게 저…"

"향수 뭐 쓰냐고 물었는데, 죄송은 무슨 죄송이야."

"아… 랑방 에끌라… 입니다."

"아! 맞아! 랑방 에끌라. 자꾸 입에서 맴맴 돌지 뭐야. 고마워요."

"……"

"자기 인상 쓰는 거야 지금?"

그녀가 승무원의 표정을 흉내 내며 물었다.

"아닙니다! 전혀 그렇지 않습니다."

"알려줘서 고마워요. 어쨌든."

"감사합니다. 제 답변이 도움이 되셨다면…"

"이런 거 가지고 감사? 자기 혹시 범사에 감사하고 막 그런 사람 아니지? 그래, 그럴 것 같았어. 사람은 세상에 불만과 경계가 많아야 큰일을 하는 법이거든."

그러면서 휙! 하고 명함을 내밀었다.

"나중에 괜찮으면 아무 때나 연락 줘요. 나 자기 마음에 들었어."

"네…."

승객이 명함을 주면 주는 대로 모두 받아라- 버릴 때 버리더라도 면전에서는 거절하지 말고 받아라-가 내부 지침이었다. 그런데 어디까지나 '남자 승객'에 국한된 얘기였다. 도대체 이게 무슨 상황이지? 돌아선 그녀의 날씬한 등에는 도저히 납득할 수 없는 혼란이 흘렀다.

이윽고 비행기에서 내린 영춘은 입국장을 빠져나왔다. 랑방에끌라-를 되뇌며.

밖은 비 온 뒤라 우중충했는데, 거뭇한 차도를 망연히 보며 말했다.

"난 이런 날이 싫단 말씀이야. 강제로 현실 파악이 되거든."

그러면서 때맞춰 마중 나온 똘마니를 보며 계속 말했다.

"컴플레인 걸 거야."

"네?"

"음료수 줄 때 말이야. 구루마 위에 콜라를 보고 오 마이 갓. 뚜껑을 미리 따고 오는 머저리가 세상천지에 어디에 있어? 내 차례가 되면? 나더러 그 미지근한 설탕물을 마시라는 거잖아? 김빠진 콜라가 어디 콜라야? 비싼 돈 주고 탔는데 서비스가 형편없어. 너무 디스어포인티드."

"비즈니스인데도 그랬단 말입니까?"

똘마니는 〈백봉재단 최영춘 실장님〉이라는 팻말을 여전히 턱 밑까지 든 채로 되물었다.

"이코노미."

"왜 비즈니스 안 타시고요? 무릎 안 좋으시다고 들었는데."

"누가? 내가?"

똘마니가 고개를 끄덕였다.

"걱정 마. 그래도 뭐 연골은 토실토실하니까. 차는 어디에 있어? 나 뭐 타면 돼?"

"준비해 뒀습니다. 저쪽입니다."

영춘은 똘마니가 가리킨 쪽을 보았다. 거기엔 짙게 썬팅된 대형 세단 한 대가 기다리고 있었다. BMW 7시리즈 신형이다. 똘마니가 앞장서 가려는데,

"오늘 수고했어. 일찍 퇴근해." 영춘이 품에서 하얀 봉투를 꺼내주며 말했다. "여기서부턴 나 혼자 갈게."

* * *

경남 남해군 미조면. 백봉재단 산하 백봉기술학원.

쉬는 시간을 알리는 종이 울리기 무섭게 앞문이 벌컥 열렸다. 허공에 잽을 날리며 들어오는 옆 반 양아치다. 다들 눈을 마주치지 않기 위해 고개를 숙여보지만 노력이 무상하게 양아치는 그중 몇몇의 머리를 수월하게 헝클어 놓더니 맨 뒷자리에 앉은 어쩐지 결이 비슷해 보이는 누군가에게 다가가 말을 걸었다.

"들었냐?"

하고 사물함에 힘껏 던진 야구공이 다시 손안에 들어오기도 전에 시큰둥한 대답이 돌아왔다.

"뭐."

"환탱이. 옛날에 삼청교육대 교관이었대."

"누가 그래?"

"지가."

"지 입으로?"

"응."

옆 반 양아치는 실밥이 다 터진 야구공을 요리조리 노려보며 이어서 말했다.

"어제 용접 반에 가서 자랑을 늘어놓더래. 그때 지한테 안 맞은 놈이 없었다고. 감옥도 갔다 왔대."

"그런데 어떻게 취업을 해?"

"여기 이사장이 사촌 형이잖아. 환탱이는 꼬붕이고."

탕! 탕! 탕!

그때 강의실 앞문을 주먹으로 때리는 소리와 동시에 옆 반 양아치는 쏜살같이 뒷문으로 사라졌다. 한두 번이 아닌 솜씨다. 소리가 나는 쪽엔 환탱이, 아니 용접 강사인 환국이 험악한 얼굴로 서 있었다. 170센티미터에 거북목, 굽은 어깨. 그리고 유달리 M자가 깊은 탈모형 이마는 툭 튀어나온 광대뼈와 더불어 다소 뾰족하고 모난 느낌을 자아냈다.

때마침 수업 종이 울리면서 흩어져있던 모두가 일사불란하게 제 자리에 앉았다. 환국은 그 어수선한 분위기를 빠짐없이 감지하려는 듯이 분신과도 같은 죽도를 질질 끌며 교탁 앞에 섰다.

"야! 뒤에! 고마 문 안 닫나? 머하노 이 새끼들아!"

발 냄새, 담배 냄새, 그리고 나풀거리는 먼지가 가라앉기까지 그로부터 몇 분이 더 걸렸다. 환국은 줄곧 바닥에 끌었던 죽도를 왼쪽 어깨에 가뿐하게 메고 말했다.

"내 재밌는 얘기 하나 해조?"

네-

"내 을마 전에 군대 동기랑 전활 했어. 야, 니 대통령 누구 뽑을래? 낸테만 말해조, 카니까 머라 했을 것 같애?"

실실거리는 웃음이 새어 나왔다. 수업을 앞두고 딴소리를 하는 환국의 이야기가 재미있어서가 아니라, 어쨌거나 그만큼 시간을 미룰 수 있다는 기쁨에서인 것이다.

"3번 뽑는다는기야. 금마 원래 곧 죽어도 4번이거등? 근데 와 변했는데? 갠히? 심심해서? 배와서. 따라해. 배.와.서."

배.와.서.

"끄래! 사람은 배와야 되는 거야. 서울물 먹고! 외국물 먹고! 그래 비싼 물 먹고 마 카니까 정신이 트인다 이거야. 동남아 봐아. 그 몬사는 데 아들이 와 기를 쓰고 우리나라 자꾸 올라카는데? 것도 불뻽으로? 배울라고. 우리나라가 지낸텐 이거거등."

하며 엄지를 치켜 들었다. 그리고 노골적으로 딴 짓하는 학생들을 둘러보며 환국이 다시 말했다.

"다시 말하지마는 사람은 자고로 배와야 된다 이거야. 그니까 네 느그들도…"

그때, 윙- 하고 스마트 폰의 진동이 갈비뼈를 세게 때렸다.

"아. 뼈 뿌라지네."

– 예, 김환국입니다. 아! 벌써 도착했습니까? 옥케이. 지금 바로 올라갑니다.

환국은 여느 때와 같이 자기주도 학습의 중요성을 강조하며 들어온 지 5분도 채 되지 않아 재빨리 강의실을 벗어났다.

4층. 이사장실.

재단 이사장의 커다란 상반신 액자가 한쪽 벽면을 가득 메우고, 그 아래 원목 책상 끄트머리에 삐딱하게 걸터앉은 영춘이 누군가와 통화 중이었다.

– 응. 밥은? 잘 했어. 돈? 돈이야 많이 벌었지. 기다려. 아주 보따리로 싸 들고 갈 테니까. 카악– 퉤!

그러면서 물고기라고는 한 마리도 없는 작은 수족관 안에 걸쭉한 가래침을 뱉었다.

– 호호호호. 말하는 것 좀 보게. 그래. 얼른 만나자. 나중에 다시 통화하자고.

전화를 끊은 영춘의 입가에 웃음이 번졌다. 그러다 문득 싸늘한 표정으로 벽에 걸린 액자를 노려보았다. 영감탱이. 사진만 놓고 보면 영 맹탕인 게 모지리 같고, 잘 쳐줘봤자 기껏해야 졸부 같다. 깜도 안 되는 게 무슨 이사장. 그저 부모 잘 만난 금수저지. 그나저나 저 얼굴을 보고 있자니 그간 저 영감탱이의 집구석에 바친 열과 성의 양이 얼마인지 또 습관처럼 주판을 두드리게 된다. 지긋지긋하다.

"아!"

그러다 발꿈치를 치는 걸레 자루에 인상을 찌푸렸다.

"죄성함… 니다…."

작은 키에 M자 탈모와 튀어나온 광대, 메부리코까지 빼다 박은 환국의 일란성 쌍둥이 장국. 그러나 딱 한 가지, 형인 환국과 다른 점이 있다면 옆으로 끝 모르고 퍼진 몸이다. 장국은 흐리멍덩한 눈빛으로 바닥 어디께를 응시하며 풀이 죽은 채 영춘의 다음 말을 기다렸다. 영춘은 그의 튜브 같은 뱃살과 목살을 노려보며 말했다.

"혹시 말이야. 등 간지러울 땐 어떻게 해요? 손은 닿아요?"

장국이 히죽거리며 고개를 저었다. 본인이 생각해도 우스운지 계속 웃으며.

"자, 내 말 잘 들어요. 그 몸뚱아리에 달린 그건 있잖아요. 팔이라고 볼 수 없어. 지느러미야. EBS에서 보니까 말이에요. 원래 인간은 3억9천만 년 전에는 물에 살던 포유류였는데, 이것들이 겨올라오면서 지느러미가 사라졌대. 왜? 육지살이에 맞게 진화하려고. 근데 그쪽은 어떻게 된 게 거꾸로야. 퇴화한 거지."

"퇴화."

"응. 3억9천만 년 전으로. 알아들었어요? 알아들었으면 나가 봐요. 그 몸뚱아리 보기만 해도 심란하니까."

장국이 반쯤 벌린 입으로 헬쭉 웃으며 문을 나설 때, 마침 환국이 들어왔다. 두 팔을 펼치며 서양식 인사를 하듯 눈썹을 실룩였다.

"아이고, 안녕하십니까, 아름다우신 행수님?! 처음 뵙겠습니다! 김! 환! 국! 인사 드리겠습니다!"

그러면서, 옆으로 지나는 동생 장국의 안색을 살피는 것 또한 잊지 않았다. 딱 봐도 한 소리 들은 얼굴이다.

"도련님. 나이스 투 미츄."

"도련님은 무신! 팬하게 불러주십시오. 마 남도 아이고 우리가. 크흐하하학!"

환국이 두 손을 비비며 크게 웃었다.

"뭐 그럴까. 좋아. 아우님이라고 하지 뭐. 그나저나 그동안 통제할 사람이 없어서 편했나 봐?"

이렇게 빨리 말을 놓으시겠다? 환국은 빙그르르 돌듯이 소파에 앉으며 애매하게 웃었다.

"사실은 요새 헬스 다니거등요."

"아하?"

"예. 수지 고 가시내가, 아! 우리 딸 말입니다. 고게 날마다 전화로 아빠 몸 관리 좀 하라고 아우성이다 아입니까. 끄기 캐나다에서는 머 칠십 먹은 할배들도 연예인같다나 머라나."

"다 컸네."

"그라게 말입니다. 딸은 딸이드라고요. 내 걱정하는 아는 가밖에 없십니다."

"지 애비가 같은 헬스장 다니는 년한테 돈 갖다 바치는 거 알면 입에 거품 물겠네. 조심해. 들키지 않게."

"에이, 행수님도 참. 걱정 마이소. 먼 돈을 갖다 바친다는 급니까? 크하하."

"나한테 들키지 말라고. 공금에 손댔으면 아우님 그날로 나한테 죽어."

그러자 환국은 얼른 꼬았던 다리를 풀었다. 오자마자 세게 나오네? 싶은 얼굴로.

"일단 거 어서 앉으이소."

영춘은 상석에 몸을 묻었다. 애당초 본인의 자리였던 것처럼.

윙- 윙--

그때 다시 한번 환국의 스마트 폰이 울렸다. 양해를 구하듯 주름진 눈가를 찡긋거리며 몸을 반쯤 돌려 전화를 받았다.

- 예예. 김환국입니다. 아! 곧 옵니다! 기다려 보이소. 키요? 요즘 가시내 치고 크지요. 173인가 될 낍니다. 아, 바스트 뿐입니까? 히뿌도 옹골집니다. 예! 핵교는 걔네 나란 대부분 팽균이 고등핵교밖이 안 나왔을 낀데예? 괜찮으시다카니 다행이지요. 예예- 다시 연락 드리겠십니다.

통화 내용이 뭔가 심상치 않다. '무슨 꿍꿍이지?' 영춘이 미심

쩍은 눈길로 주시했다.

"무슨 전화길래 말이 그래?"

"아, 아무것도 아입니다. 그나저나 오시니라 불편한 건 없으셨고요?"

"딱히."

그러면서 담배를 입에 물자, 환국이 재빨리 일어나 라이터 불을 가까이 가져다 댔다.

"다행이고요. 저 내일 시간 되십니까?"

"내일?" 후- 하고 연기를 내뿜은 뒤에 말했다. "내일 나 그이 만나러 가야 되는데?"

"저녁이면 됩니다. 시간 비워두십시요. 요 마을 회관에서 이장 단에서 자리 꾸미고 막 그랬다는데… 아무튼간에 함 가봐야지요."

"그러니까 무슨 자린데에? 아우님 혼자 다녀와. 나 귀찮아. 사우나에 가서 몸 좀 지질래."

"파출소장. 새로 왔답니다."

"파출소장?"

"예."

"어떤 놈인데?"

"서울서 왔다카고요. 새파랗게 젊은 놈이드랍니다. 이름이 뭐라드라… 아! 양태열이!"

2

이튿날 초저녁.

장소는 면내 (나름)목 좋은 곳에 위치한 20평 규모의 숯불고기 전문점이었다. 메뉴판 옆에는 '양태열 파출소장님의 부임을 환영합니다. -주민 일동-' 이라는 플래카드가 내걸려 있었다. 실내는 모두 개방된 좌식 테이블이었는데, 일부러 식당 측에서 맨 끝에 가림막을 설치함으로써 개별 룸을 조성해 놓았다. 특별대우인 셈이다. 그곳을 낯내기 좋아하는 여러 사람들이 들락거렸다.

"인사 좀 하시지요. 요번에 새로 오신 양! 태열! 소장님 되십니다. 이쪽은 요 앞에 마을금고 이사장님이시고예."

"반갑습니다."

"아이고, 처음 뵙겠습니다. 소장님."

아들뻘에게 허리 굽혀 깍듯이 인사하는 그는 이 지역에 처음 온 어제, 곳곳에 붙은 예금 홍보 현수막 속에서 먼저 만난 얼굴이었다. 태열은 조만간 그가 군의원 선거에 출마할지도 모른다는 생각이 들었다.

"이쪽은 에- 마을자치발전위원회 자문위원이십니다."

이런 식으로 자기네들끼리 자문위원입네 상임위원입네, 하며 감투를 추켜세우는 꼰대들. 그들은 오늘 도모하는 이 친목이 언제고 훗날 입지를 다지는 데 큰 힘이 될 거란 식으로 떠들었지만, 결국 그것밖에는 내세울 명함이 없는 촌부들에 불과하다고 태열은 생각했다.

어쨌거나 마을에서 열어주는 잔치는 생각보다 풍성했다. 저녁 시간대 식당을 통째로 빌리고, 떡을 한 말을 맞추니 명색이 소장인데 지갑을 안 열 수가 없던 것이다. 결국 마을 운영 찬조금 명목으로 오만 원권 두 장을 슬쩍 내놓았다.

"소장님도 한 곡 부르시지예!"

"소장님 한 잔 올리겠심더!"

모두가 웃고 떠드는 소리에 귀가 열려 있었지만, 팔짱을 끼고 앉아 굳이 대화에 끼지는 않았다. 그저 따분하고 지루할 따름이었다.

"아! 쯔기 김 슨새임. 오시네!"

그러자 약속이라도 하듯 하던 말을 멈추고 일제히 자리에서 일어났다. 마을에서 좌수에 별감에 홍반장 역할까지 모두 도맡는 이장이 촉새처럼 떠들어댔다.

"백봉기술학원이라꼬 우리 마을에 없어서는 안 될 마 그런 덴데. 거 선생님이십니더. 옆에 여잔 누꼬?"

"아! 백봉재단 실장님이시라네요!"

누군가 대꾸했다.

"아, 그라네! 이사장님의 아내분이신가 그람?"

문득 높임표현의 주체가 자신에게서 맨 마지막에 등장한 두 사람으로 바뀐 사실을 깨닫자 태열의 눈빛도 달라졌다. 으레 사람의 지성과 학식은 몸 둔 곳이 낮을수록 빛이 나기 마련. 겨우 경감에 불과했던 자신이 이곳에서는 '서울에서 온 젊은 파출소장'이라는 엘리트적 권위로 떠받들여진 지 삼십 분밖에 되지 않았는데, 이번에야말로 '진짜' 지역유지를 만났다는 직감이 들었다.

김 선생으로 불리는 남자의 이름은 김환국. 작은 키에 이마가 벗겨진 신경질적인 인상의 인물로, 아마도 골초이지 싶을 만큼 거무튀튀한 입술에 눈은 황달 끼가 엿보여 매년 정기검진 때마다 호들갑을 떨 것만 같았다. 그 옆, 40대의 신임 실장이라는 여자의 이름은 최영춘. 키 165센티미터에 마른 체격으로 어깨까지오는 중단발이 하얗고 갸름한 얼굴에 잘 어울리는 여자였다. 품이 넓은 트위드 재킷은 마치 넷플릭스 시리즈물에서나 나올법한 여성 정치인을 연상케 했다. 특히 그녀의 가늘고 날카로운 눈매에서 환국이 가진 힘과는 또 다른 패기가 느껴졌다. 그것은 단순한 지위나 돈에서 오는 게 아닌 어떤 내공 같은 것이었다. 환국도 평소에 어지간히 압도당하며 사는지 온몸으로 그녀의 비위를 맞추고 있었다. 무엇보다 놀라운 점은 나이 차이가 꽤 나는 것 같은 그녀를 꼬박꼬박 '형수'라 부른다는 점이었다.

"반갑습니다. 새로 부임한 양태열입니다."

"젊은 분이시네요. 자자, 이라지말고 앉으입시다."

환국이 건넨 명함은 다양했다. 용접과 선반, 기계설계 등을 교육하는 기술학원, 부동산컨설팅, 위탁 급식업체와 사회복지센터, 식자재도소매점 등 재단에서 운영하는 사업체는 문어발식으로 다양했는데, 그러다보니 어느덧 손에 쥔 명함도 꽤 두툼해 있었다. 다른 건 몰라도 이 작은 마을에서만큼은 이들이 호족이고 상감이란 건 알 수 있었다. 전문용어로 카르텔.

"우리 소장님은 올해 나이가 어떻게 되세요?"

영춘이 능숙하게 수저로 맥주 뚜껑을 따며 말했다. 앞에 '실례지만'이라는 말을 덧붙였으면 한결 자연스러웠을 테지만, 그 격의 없는 태도에서 권력이 가져다주는 자유분방함을 발견했다.

"서른여덟입니다."

영춘이 건넨 술잔을 받으며 대답했다.

"한창이시네. 결혼은?"

"불행히도 아직 못했네요."

그간 거쳐 간 수많은 여자들이, 그중에서도 결혼 이야기까지 진지하게 오갔던 썩 괜찮은 한두 명이 떠올랐지만 이내 오징어 숙회 한 점과 함께 질겅질겅 씹어 넘겼다. 끝이 좋지 않아도 굳이 여기서 꺼낼 만큼 최악도 아니었기 때문이다.

"불행할 게 뭐 있나요?"

"요즘 어린 사람들도 다 애 낳고 사니까. 그에 비하면 노총각이죠."

따른 술을 건배 없이 단숨에 마신 영춘이 잔을 조용히 내려놓자 그 바람에 건배를 기다렸던 태열이 멋쩍은 얼굴로 반쯤 비웠다.

"요즘 뉴스 보면 새파랗게 어린애들이 사고 치는 게 사회적 문제라죠? 나 그런 거 보면 한심해 죽겠어. 그게 뭐야. 꿈을 키울 나이에 애를 키우고 있으니. 돈은 좀 모으셨고?"

이 여자, 초면부터 못 넘을 선이란 건 없구나.

"공무원이 모아 봤자죠."

"재테크 하면 되죠."

"하죠. 주식. 마이너스라서 문제지만."

"하긴. 나도 주식해서 말아먹은 적이 한두 번이어야지. 그 과정에서 내가 깨달은 게 있어요. 주식이랑 결혼은 공통점이 있더라고. 그게 뭔지 알아요? 남들 한다고 나까지 따라 해선 안 된다는 거예요."

"맞는 말이네요."

"그럼 차이점은 뭐게요? 주식은 될 수 있는 한 오래 들고 있으라고 하죠. 오 년이고 십 년이고. 그런데 결혼은 그럼 못써. 아니다 싶으면 일찍 갈라서야지. 오래 존버하지? 그럼 내 속만 썩는다?"

피식, 웃음이 났다.

"그런데 두 분. 사람들이 가족 관계라는데? 맞아요?"

태열은 아까부터 궁금했던 것을 꺼내 물었다. 뒤늦게 취조하는 말투였음을 깨달았지만 정작 두 사람은 전혀 눈치채지 못 한 듯싶었다.

"예, 맞십니다."

환국이 끼어들었다.

"그런데 실장님은 사투리를 안 쓰시네요?"

나름 예리한 지적이었다고 생각했는데, 영춘이 코웃음을 치며 바로 대답했다.

"난 원래 강화도에서 살았거든요. 따로. 알죠? 인천 강화. 서울 바로 옆 동네."

"행수님도 참. 하믄 여 갱상도는 서울 바로 아랫동넵니까?"

어느새 얼큰하게 취한 환국은 쉴 새 없이 잔을 입에 가져갔다.

"형⋯ 수? 그럼 시동생 되십니까?"

아까 마을 사람들로부터 풍문으로 들은 이야기를 물었다.

"예. 우리 사촌 행님의 내무부국장!" 그러면서 태열에게 물었다. "아! 근데 우리 소장님은 고향이 어디십니까?"

"정읍입니다."

"아, 그래요? 전라도구나⋯."

어쩐지 말끝에 탐탁지 않은 여운이 묻어났다.

"왜 그러시죠?"

"전라도서는 거⋯ 젓갈 읎이는 음식을 잘 몬하나 봐요?"

"무슨 소리신지."

"아니 내가아⋯ 전라도에 맛집이란델 함 가봤는데 여러 군데. 미원 맛이 반이고, 젓갈 맛이 반이드라고요. 아, 그래서 실망이

대단했었거등요? 갱상도랑은 쫌 다르드라고?"

환국이 거드름을 피우며 말했다.

"그 식당은 그런가 보죠."

"아니, 아니, 다 그래. 다."

"……"

"그런데 우리 소장님은 전라도가 고향이람서 전라도 사투리를 안 쓰시네요?"

"일곱 살 때 서울로 이사를 와서요. 딱히 고향에 대한 기억도 없어요."

"이랄 줄 알았다!"

환국이 무릎을 정도 이상으로 세게 치며 맞장구쳤다.

"으쩐지 내랑 말이 통할꺼 같다이까네! 전라도였음마 내랑 말도 몬했을낀데. 흐하하. 소장님. 우리 남해군 미조면! 여 어떻십니까? 와 보신 소감이?"

"경상도는 예전부터 알던 데죠."

오징어 숙회를 몸통 위주로만 골라 먹으며 대답했다.

"아, 그래요?"

"예. 그런데 있는 줄도 몰랐어요. 사회과부도에서는 본 것 같네요. 어렸을 때."

환국의 입가에서 서서히 미소가 걷히고, 영춘은 두 사람의 묘하게 번지는 신경전에는 전혀 관심 없다는 듯이 고기를 젓가락으로 지지는 데 집중했다. 마치 처음부터 대화에 낀 적이 없었던 것처럼.

홈그라운드에 온 하룻강아지를 신기하게 보듯 하는 환국이 시선을 떼지 않고 다시 물었다.

"아, 그러시구나. 그나저나… 왜 서울서 율로 오셨어요? 잘 모루는 동네로."

"전출 받았죠."

"왜 쫓겨났는데요?"

순간, 잘못 들었나 싶은 태열이 잔을 입에 가져다 대다 말고 멈칫했다.

"하하하! 장난입니다. 장난."

"……"

"파벌싸움에 밀리셨나? 하하하. 정말로 장난입니다!"

"재미없습니다."

정색하고 말했다.

"아, 그럼 저 혹시 갱찰대학 나오셨겠네요? 젊으신 분이 마 계급이 갱감씩이나 되는 거 보모."

"네. 맞습니다."

"와아! 대단하시네요."

"뭐…"

"그런데 갱찰대학 나오몬 머 근사하게 머라도 되는 줄 아는데, 고작 하는 게 취객들 집에 들여보내고 으디 쌈박질이라도 났다 카면 또 거 가서 얼굴 슬쩍 비추고 마 그게 다거든요? 보이까네 순갱이랑 벨반 차이도 읎꼬오. 하빠리 일 그래 뒤지게 해쌌는데 욕은 또 무지하게 은어처먹으니. 참 그래요. 그지요?"

"……."

"사람들은 마 하낫또 모르면서 대한민국 갱찰들이 일 제일로 팬하게 한다고 욕하는데, 막상 보몬 남들 안 하는 잡일 다 하고. 낸 진짜로 그만큼 갱찰관들 참 존갱합니다. 예."

태열은 혀로 입안을 세게 훑더니 탁, 하고 소리 나게 잔을 내려놓았다. 그리고 자신이 불을 지른 줄 전혀 몰랐다는 얼굴을 하는 환국을 향해 어금니를 깨물고 말했다.

"적당히 드십시오. 약주."

그리고 자리에서 일어나 좌중을 둘러보며 말했다.

"오늘 다들 감사했습니다. 실례가 안 된다면 먼저 들어가 보겠습니다. 내일부터 정식 근무라서요."

마을 사람들이 모두 그를 배웅하며 손을 흔들었다.

"또 보입시다. 소장님."

환국이 깍듯이 허리를 숙였다 들었을 땐 이미 태열의 모습이 사라진 후였다. 그런 뒤, 자리는 더욱 왁자지껄한 분위기로 바뀌었다. 테이블 위엔 각종 쌈 채소와 반찬들이 줄지어 나오고, 고기 추가 주문도 끊이지 않았다. 마치 외지인이 사라져서 후련하다는 듯이.

* * *

이튿날 새벽 4시.

저절로 눈이 떠졌다. 잠자리가 바뀌어서일까? 온갖 잡다한 개꿈이란 개꿈은 다 꾼 것 같은데 역시 생각이 나지 않는다.

태열은 서둘러 집을 나와 조깅에 나섰다. 비좁은 단칸방에서 웅크리고 억지 잠을 청하느니 차라리 해안가를 따라 달리면 속이 뚫릴까 싶어서였다. 그러나 어둠이 짙게 깔린 바다를 보자 도리어 가슴이 답답해졌다. 내가 왜 여기에 있어야 하나, 어쩌다 이 지경이 됐나, 도대체 언제까지 여기서 지내야 하나.

또다시 한 달 전의 일이 떠올랐다.

늦은 밤.

이 경정이 대뜸 강남 모처에 소재한 일식집으로 태열을 불러냈다. 입구에 들어서자마자 움찔했다. 빛나는 대리석 바닥과 크리스털 조명 장식은 감히 네가 이런 곳에 웬일로 왔냐고 차갑게 묻는 것 같았다.

직원은 예약자명을 확인한 뒤에 맨 끝 룸으로 태열을 안내했다. 긴 복도를 거닐면서 느낀 것은 늘 방문했던 동네 회전 초밥집과는 눈에 띄게 다르다는 점이었다. 기존에 드나든 곳이 1인당 29,900원으로 주머니 사정이 곤란한 젊은 층들을 겨냥한 곳이었다면(그리고 배달 앱으로도 주문이 가능한), 새로이 도착한 곳은 아마도 고가의 오마카세였지 싶다.

"어, 왔어? 앉아."

문을 열고 들어가자 이 경정은 서둘러 스마트 폰을 테이블 한쪽으로 밀어 놓았다. 그리고 레미마틴 XO를 유리잔에 따르며 빙긋이 웃었다. 내심 일.개. 경찰관이 이런 고급 일식집은 어떻게 알고 예약했을까 궁금증이 떠올랐다. 메뉴부터 뚜렷한 차이가 났으니까. 신선도가 떨어지는 활어 위에 머스타드, 와사비, 참치샐러드 등 소스와 고명만 바꿔 줄기차게 벨트에 제공하는 동네 초밥집과 달리, 그곳은 으슥한 룸 안에 있으면 그때그때마다 처음 보는 회 초밥이 심상치 않은 도자기 접시에 (소량) 담겨 나왔다. 메뉴를 내오면서 직원이 자신 있게 설명을 덧붙였다. 쓰이는 그릇 하나하나도 전문 거래처를 통해 구입해 온다는 것이다. 일본 가고시마인지 어디인지에서 300년에 걸쳐 대를 이은 도공이 빚은 작품이라는데, 사실 잘 기억이 나지 않는다. 그 이후에 단둘이 남겨졌을 때, 이 경정이 찌르듯 던진 말에 정신이 아찔했기 때문이다.

"빙빙 안 돌리고 딱 말할게. 내려가자. 태열아."

"예?"

그 순간, 처음 문을 열고 룸에 들어왔을 때 그의 안색이 평상시와 달리 어두웠다는 것이 떠올랐다. 동시에 입맛이 뚝 떨어졌다. 그 공간이 무척 낯설게 느껴졌으며, 가슴이 두근거리고 머리가 띵했다. 사실 오기 전에 어느 정도 예상은 했지만, 막상 면전에서 들으니 저혈압 특유의 기분 나쁜 어지러움을 느꼈다.

"지금 무슨 말씀을 하시는 거예요?"

"말 그대로야. 네가 내려가서 따로 해줘야 할 일이 있어."

"따로 할 일이라뇨?"

"그래."

"핑계 대지 마세요. 지금 하고 있는 망치파랑 그 용역 패거리들은 다 어쩌고요? 걔네들 리조트 개발권에 불법 개입된 정황 다 잡아냈는데, 이제 와서 갑자기 저더러 내려가라뇨? 왜요?"

그간 조직폭력 전담수사반을 지휘하며 세운 공이 만만치 않았고 그걸 모르는 사람도 없다. 다만, 얼마 전에 조직폭력배에게 갈취당한 리조트 건설사를 조사하는 과정에서 지자체 담당자에게 금품을 제공한 정황이 적발되는 등 또 다른 문제가 불거진 것이다. 상황이 예기치 않게 돌아가자 급기야 해당 건설사에서는 더 큰 비리를 덮기 위해 조직폭력배들로부터 당한 피해 사실에 대해 진술을 거부한 것이 내용의 전말이었다.

"아, 됐어. 그건 끝났어. 건설사 쪽에서 됐다잖아. 우리도 손 못 써. 더는."

"그래도!"

"임마."

이 경정은 답답하다는 듯이 담배를 비벼 끄며 말했다.

"내가 시골에서 컸거든? 어렸을 때 개울가에서 물고기를 잡고 놀았어. 어떻게 잡는 줄 아냐? 그냥 돌멩이 묵직한 거 하나 들고 가서 개울가 한가운데에 있는 큰 돌덩이를 세게 빠악! 하고 내리치잖아? 그러면 그 밑에서 자고 있던 물고기들이 하나같이 막 기절해서 나온다고. 하얗게 배 뒤집어 까고 말이야. 그렇게 둥둥 떠 있으면 그냥 바가지로 걷어오면 끝이야. 어려울 거 없어. 이번 일도 마찬가지였어. 그냥 우리는 차려진 밥상에 숟갈만 얹으면 되는 상황이었어. 힘들이지 않아도 됐다고."

그런데 일을 크게 만든 건 너다- 이따금 너의 그 넘치는 의욕 때문에 그르친 사건이 한둘이 아니다- 이번 일도 그렇다- 적당히 조사할 일이지 왜 건설사 숨도 못 쉬게 파고드냐- 이번 일로 말미암아 놈들은 하나같이 흩어져 전국 각지로 숨어버려 검거가 더욱 어렵게 됐다- 그러니 이번 전출 조치는 달게 받아라-

"저만 이런 지시가 내려진 거죠?"

나름 의표를 찌르는 질문이라고 생각했는데, 이 경정은 수월하게 받아넘겼다.

"남은 사람들도 그만큼 마이너스야. 다 같은 식구인데, 우리라고 뭐 편하겠냐?"

"뭐가 마이너스인데요?"

"최 경감이 우리 대신해서 징계위에 회부될 거야. 그게 무슨 망신이냐?"

"그래도 도무지 전 이해가 안 돼요!"

단숨에 잔을 비운 다음 소리쳤다.

"누군 이해 되냐? 그냥 이게 최선이라는 거지."

그는 인중을 긁적이더니 팔짱을 꼈다. 돌이킬 수 없다는 걸, 이미 그렇게 하기로 내부에서 결정 내렸다는 걸 깨달았다. 여기서 더 대

들어봤자 지금의 호의마저도 사라질 게 분명했다. 통보란 늘 그런 식이다.

"하지만…"

"마음 같아선… 내가 책임지고 대신 내려가고 싶은데… 나 곧 퇴임이야. 순탄하게 녹조는 받고 굿바이 해야지. 처자식 보기 부끄럽지 않게. 응? 너도 결혼해 보면 알 거야. 에휴… 나도 일 관두면 나중에 경비 자리나 알아보든 해야지…."

이 경정은 곁눈으로 그렇게 말하더니 한 번 더 엎어둔 스마트 폰을 힐끔 확인했다.

"그래서 저더러 대체 어디로 가라는 거예요?"

"경남 남해군."

"거기 깡촌이잖아요!!!"

"누가 깡촌이래?!"

더 크게 버럭했다. 이 경정은 저린 제 발을 들키지 않기 위해 이어서 말했다.

"임마, 거기 많이 발전했어. 인프라도 그만하면 훌륭하고. 검색해 보면 알 거 아니야. 그리고 이거." 흰 봉투를 내밀며 말했다. "미리 주는 건데… 명절 떡값. 우리끼리 조금씩 걷었다. 갈비라도 사서 부모님 댁에 보내드려. 소는 안 되고, 돼지는 좀 많이 살 수 있을 거다."

"그럼. 시내인 건 확실해요?"

"……"

이 경정은 뭐라고 할 말을 찾지 못 했다.

후우- 후우-

염도 높은 바다 냄새가 코점막을 자극하고, 포장되지 않은 길은 달릴 때마다 발바닥에 극심한 통증을 가져다주었다. 수년간 괴롭혀온 족저근막염이 재발한 것이다.

후우- 후우-

아랫배에 힘을 주고, 규칙적으로 숨을 내뱉으며 뛰다가 차츰 스텝이 꼬이기 시작했다. 가슴 깊은 곳에서 분노가 용암처럼 끓어올랐다. 잘 생각해 보면 그들은 어쩔 수 없이 와해된 팀을 떠나 한직으로 밀려날 꼰대들이 아니었다. 오히려 30여 년 동안 현직에 있으면서 농익을 대로 농익은 구렁이에 가까웠다. 겉으론 평범하고 어리숙해 보여도 결국 위기 앞에선 누구보다 능수능란하게 빠져나갈 줄 아는 구렁이들. 어쩌면 태열 한 사람을 지방으로 좌천시킨 것으로 그들의 태만과 결함을 어느 정도 탕감받은 건 아닐까?

이대로는 안 되겠다 싶어서 가쁜 숨을 몰아쉬며 달리기를 멈추었다.

"헉… 헉…"

그리고 어딘가로 전화를 걸었다. 긴 통화 연결음이 끝나고 음성사서함으로 연결되자, 다시 통화를 시도했다. 세 번 만에 이경정이 전화를 받았다.

- 어.

자다 깬 모양이었다.

- 잠이 오십니까?

아직 여명도 비치지 않는 새까만 해안가를 쏘아보며 태열이 다짜고짜 물었다.

- 왜 또 가시가 돋쳤어?

- 왜 또?

- 아무리 생각해도 열 받는 마음은 알겠는데, 다 얘기됐잖아. 너도 오케이 했고. 그런데 이렇게 새벽부터 전화질이면 우린 뭐가 되냐?

- 저 하나 담구고 호의호식하는 배신자들 되는 거겠죠.

- 뭐야, 임마?

- 여기 직접 와 보세요. 두 눈 똑바로 뜨고 내가 사는 꼬자리를 보란 말입니다. 급하게 내려오는 바람에 집구석 상태는 어떤지 아세요? 누우면 머리 위에 TV가 있고, 발밑이 바로 신발장입니다! 근데 월세가 70만 원이 말이 됩니까? 시발?!

- 뭐? 임마?! 너 방금 뭐라고 했어?

- 징계위에 회부됐다던 최 경감은 어떻게 됐어요? 서면경고로 끝났죠? 나만 이리로 떠밀어 놓고! 누굴 빙다리 핫바지로 보시나!

- 이 자식이 듣자 듣자 하니까⋯ 정말 안하무인이네.

그러나 단순히 역정을 낸다고 눌러질 분노가 아니라고 판단했는지 한층 말투가 부드러워졌다.

- 내가 약속할게. 거기서 좀만 버텨. 딱 일 년만. 응? 그다음엔 진짜로 내가 너 책임진다.

- 책임 같은 소리⋯ 나 절대로 혼자선 안 죽습니다. 억울해서라도 이

렇게는…

그때였다.

무언가 태열의 시야에 잡혔다.

저만치서 헤드라이트를 끈 채 서행해 오던 승합차에서 한 남성이 내리는 것이 보였다. 180센티미터가 족히 넘어 뵈는 커다란 체격을 가진 그는 서둘러 부둣가에 막 정박한 한 어선에 올라타더니 능숙하게 어창 뚜껑을 열어젖혔다. 그 안에서 악취가 풍기는지 코를 막는 모습도 또렷하게 보였다. 그러는 동안 선장은 난간에 걸터앉아 담배에 불을 붙였다.

스마트 폰을 서서히 턱 밑으로 내리며 통화를 종료하자 전화 너머로 고함치던 이 경정의 소리도 뚝 멎었다. 좀 더 몸을 낮추고 주시했다.

문제의 남자가 플래시를 비추며 뭐라 뭐라 지시하자 놀라운 광경이 펼쳐졌다. 사다리를 타고 어창에서 누군가 기어 올라오고 있는 것이다. 하나, 둘, 셋… 분명히 여자들이었다. 그것도 아주 젊은.

* * *

오전 8시 반.

견장에 무궁화 두 개가 수놓인 근무복 차림의 태열은 거울 앞에서 여드름을 짜며 대답했다.

"아, 뭐긴 뭡니까. 새벽에 배에서 내린 다음에 승합차 타고 출발한 지점부터 똑바로 진술하면 될 거 아닙니까. 캠핑장 옆 자작나무 숲에 있는 컨테이너, 거기서 누구와 무엇을 왜 어떻게 했는지 육하원칙에 따라 말하면 됩니다."

그러자 순경이 그들에게 태열의 말을 재차 반복했다. 러시아 여자 두 명은 도통 무슨 소리인지 모르겠다며 다리를 꼬고 앉아 어깨를 으쓱했다. 오는 동안 출렁이는 풍랑에 뱃멀미를 했는지 다들 핼쑥하지만, 사실 얼굴만 놓고 보자면 20대 초반의 꽤 눈길을 끌 만한 미모들이다. 브로커로 보이는 거구의 남자는 시종 모르쇠로 일관할 생각인지 전혀 딴소리를 했다.

"보소. 소장님. 내는 이 가시내들하고 전혀 알지 모답니다."

"내가 본 건 다 뭡니까?"

태열은 파고드는 환멸에 깊은 한숨을 내쉬었다. 고작 여기 와서 한다는 게 불법체류자 색출이라니. 그것도 부임 첫 날부터.

"걸 내 우째 압니까? 야! 니들 나 알아?"

러시아 여자들이 따분한 얼굴로 남자를 봤다가 자기네들끼리 시시덕거리기 시작했다.

"처웃고 자빠짓네. 느그 나라 푸틴 때문에 작살나게 생깃는디 웃음이 나오나? 확!"

그러면서 이번엔 말없이 앉아있는 한 동양인 여자의 발을 구둣발로 건드리며 물었다.

"닌? 닌 내 아나?"

"……"

"알아 몰라?"

"……"

"쭝국? 태국? 염병. 어데서 온 귀머거리고? 하여튼 소장님요. 내하고 얘기나 좀 하까요?"

그러면서 슬며시 태열에게 다가와 넌지시 옆구리를 찔렀다. 오만 원짜리 서너 장이었다.

"마 좋게 좋게 하입시다."

"뭡니까?"

"뽀찌. 뽀찌."^{경기나 도박 등에서 많은 돈을 획득한 사람이 주변에 일정양의 사례를 하는 것.}

수준하고는, 태열이 한심하다는 표정으로 남자의 손길을 뿌리쳤다.

"이거 출입국 관리법 위반에 뇌물공여죄까지 적용될 수 있습니다. 도로 집어넣으시죠?"

"아, 나 진짜 이 양반 답답해서 말이 안 통하네. 증거 있습니까? 예? 아, 증거 있냐고?! 싸람이 말이야!"

태열이 따분한 얼굴로 귀를 후볐다. 딱히 반론이 떠오르지 않은 것이다. 그럴 수밖에 없는 게 여자들을 데려다가 인근 공장에 취업을 알선시켜 주든, 유흥업소로 보내든 알 길이 없는 건 그네들이 도착지 컨테이너에서 돈을 주고받기 직.전.에. 덮쳤기 때문이다. 넘치는 의욕 때문에 그르친 사건이 한둘이 아니더라는 이경정의 핀잔이 머리를 스치고 지나가자, 스스로에 대한 혐오보다 이 경정에 대한 맹목적인 분노가 다시 솟구쳤다.

"저어, 소장님."

그렇게 한창 실랑이를 벌이던 중, 반쯤 문을 열고 선량한 얼굴의 아주머니 하나가 고개를 들이밀었다.

"무슨 일이시죠?"

"야들 집에 좀 가보믄 안 되겠십니꺼?"

옆에는 남매로 보이는 두 아이가 우두커니 서 있었다. 그중 남자아이는 며칠 전에 정류장에서 길을 알려준 그 아이다. 눈이 깊고 까무잡잡한 피부를 보니 기억이 났다.

"야네 아부지가 또 으제 새벽에 술 퍼먹고 난동 부렸다 아입니꺼. 그래가지고 야들이 뛰쳐나왔다는데 무사와서 집에 몬들어가겠다꼬⋯."

도떼기시장.

엉망진창.

이라는 키워드가 머릿속에 맴돌았다. 늘 있는 일인 양 아무렇지 않게 일어나려는 김 순경의 어깨를 지그시 눌렀다. 그리고 마뜩잖은 얼굴로 대답했다.

"그러죠 뭐." 대강 모자를 눌러쓰고 나서며 모두를 향해 말했다. "아무튼 다들 어영부영 넘어갈 생각 말아요. 김 순경."

"네. 소장님."

"내가 애들 데려다주고 올 테니까, 이 사람들 책임지고 조사해."

"알겠습니다."

허리춤에 손을 얹고 실내를 총총 오가던 거구의 남자가 다급하게 불렀다.

"보소! 그라믄 내 전화 한 통만 하입시다!"

태열이 귀찮다는 듯이 그러라고 손짓을 했다.

아이들의 집은 파출소에서 도보로 5분 내외의 거리에 있었다. 주변에는 재개발 관련하여 뒷돈을 받아 챙긴 조합장과 건설사에 반대하는 현수막들이 너저분하게 걸려 있고, 할 일 없는 노인들이 구멍가게 앞에 모여 이쪽을 가만히 보고 있었다.

"쩌기가 우리 집이에요."

여자아이가 돌담 너머 슬레이트 지붕이 얹어진 초록색 대문을 가리키며 말했다. 그러거나 말거나 태열은 그 옆에 자리한 구멍가게로 먼저 향했다.

"에쎄 하나." 그러자 백발의 주인 영감이 가만히 올려다보자 다시 작게 덧붙였다. "요."

그리고 나오려다가 밖에 멋쩍게 서 있는 아이들과 눈이 마주치자, 냉동고를 가리키며 말했다.

"골라. 하드."

그러자 쭈뼛대는 것 치곤 빠른 속도로 달려와 냉동고를 뒤졌다. 남동생으로 보이는 아이가 작게 물었다.

"천 원짜리 골라도 돼요?"

"천 원밖에 없어."

오백 원짜리 두 개를 고른 아이들과 함께 집으로 향했다. 그사이 출동의 원흉인 아이들의 아버지는 대 자로 뻗어 곯아떨어져 있고, 방안 곳곳에는 때려 부순 살림 집기가 널브러져 있었다. 그런 일상이 익숙한지 아이들은 누가 먼저랄 것 없이 주섬주섬 하나씩 치우기 시작했다.

주방은 어쩐지 '부엌'이라는 단어가 어감상 더 잘 어울렸다. 개수대엔 설거짓거리가 한가득 쌓여 있었다. 경찰로서의 촉이 맞다면, 성인 여자의 손길이 떠난 지 오래된 집 같았다. 올해 초등학교 2학년이라는 누나 수희가 물잔과 방금 산 하드 2개를 담은 쟁반을 들고 방으로 들어왔을 때 더욱 확신했다. 꽃무늬 모양의 새 쟁반인데 마치, 어린 나이에도 '우리는 손님 앞에 이런 쟁반을 내놔야 해.'라고 여기는 것 같았다. 남동생 수근이의 시선은 쟁반 위에서 떠날 줄 몰랐다. 어쩌면 태열이 사준 하드가 이 집안에 존재하는 간식거리의 전부일 거라는 느낌이 강렬하게 들었다. 내심 이 어린 오누이는 어서 손님이 돌아가기만을 간절히 기다리고 있을 것이다. 쟁반을 사이에 두고 마주 앉은 풍경이 상당히 이질감이 느껴지자 서둘러 자리에서 일어나며 도피성 인사를 했다.

"간다."

"안녕히 가세요."

이구동성으로 외친 목소리엔 역시나 즐거움이 실려 있었다.

구둣주걱을 뒤꿈치에 끼워 넣는 것을 유심히 보던 수근이가 태열을 물끄러미 훑었다. 맨 처음 정류장에서 길을 알려드린 아저씨가 알고 보니 파출소에서 가장 높은 사람이라는 것을 알았을 땐, 자신이 제일 먼저 어떤 진실을 발굴한 고고학자라도 된 양 신이 나서 떠들던 녀석이었다. 그러다 이번엔 경찰이라는 직업이 갖는 멋에 사로잡혔는지 두 눈을 반짝였다. 그리고 대뜸 말했다.

"그런데 우리 아빠도 기술자예요!"

알코올 중독자인 아버지를 그럼에도 어떻게든 추켜세우고 싶은 자식의 마음이 느껴졌다.

"좋겠다."

대강 하는 이야기로 미루어 보아 아이들의 아버지는 인근 공장에서 보일러 설비 쪽 일을 담당하고 있다.

"문단속 잘하고."

"네에."

잠시 후, 대문 밖으로 수근이가 뛰쳐나왔다.

"근데요, 경찰 아저씨."

돌아보았다.

"아저씨가 경찰 아저씨들 중에서 제일 높아요?"

"여기선. 왜?"

녀석은 잠시 머뭇거리는 기색을 보이다가 태열의 허리춤을 가리키며 물었다.

"그거… 진짜예요? 쏘면 사람 죽어요?"

"당연하지. 그리고 이거는 인간쓰레기한테만 쏘는 거야."

"……?"

"텔레비전 뉴스에 보면 많이 나오잖아. 유괴범들, 깡패들, 사기꾼들."

"그럼 그 아저씨도 나쁜 사람이네요."

"누구?"

그때 뒤따라 나온 수희가 대신 대답했다.

"김환국 아저씨요. 그 아저씨가 우리 엄마 취직시켜 준다고 데리고 갔어요. 그런데 우리 엄마한테 전화 안 와요."

"혹시 너희 엄마 외국 사람이야?"

두 아이가 가만히 고개를 끄덕였다. 이 같은 질문을 들을 때마다 으레 좋지 않은 상황이었는지 이번에도 역시 시무룩해 있었다.

"엄마랑 아빠… 혹시 그 김환국 아저씨가 이어줬어?"

그러자 수희가 항변하듯이 이렇게 대꾸했다.

"우리 엄마만 이어준 거 아니에요! 우리 반에 민기랑 서윤이네 엄마도 김환국 아저씨가 걔네 아빠랑 만나게 해준 거예요! 걔네 집도 아빠가 나이 훨씬 많아요. 우리 아빠보다 더요!"

그러자 이번엔 옆에서 수근이가 끼어들었다.

"그런데 그 형이랑 누나네 엄마들도 멀리 가서 집에 안 온대요."

그러자 뭔가 짚이는 구석이 있는지 태열은 걸음을 재촉하며 김 순경에게 전화를 걸었다.

　– 그 인간들 아직도 있지?

　– 네. 곧 누가 데리러 올 거라는데요?

　– 누가 오는데?

　– 그건 모르겠습니다. 오면 함께 조사해 봐야 될 것 같은데요.

　– 됐고, 지금 당장 호송차에 실어서 출입국관리사무소로 인계시켜!
이 자식들 조직적으로 움직이는 놈들이었어!

　– 지금 호송하라고요? 무슨 일이신지….

　– 더 기다릴 것도 없고, 바로 인계시키라고! 오기 전에! 서둘러!

3

말 그대로 간발의 차이로 놓치고 말았다. 헐레벌떡 뛰쳐나온 김 순경이 검은색 SUV를 가리키며 외쳤다.

"저 찹니다!"

아니나 다를까 운전석에는 아까 그 브로커가 아닌 또 다른 괴남자가 앉아 있었다. 그는 바로,

"김환국!"

파출소 앞에 막 다다른 태열은 마침 세워져 있는 싸이카에 허겁지겁 올라타며 뒤를 쫓았다.

"소장님! 여기 헬멧…!"

"해경청 광수대에 지원 요청 보내!!!"

이미 출발한 태열이 김 순경을 향해 소리쳤다.

"알겠습니다!"

거리는 꽤 한산했다. 서울로 향하는 직행버스가 이따금 오가는 것 빼고는 외지 차량이 드문 까닭에 이들의 갑작스러운 질주

는 행인의 눈길을 대번에 사로잡았다.

부와아앙-

급기야 남해대로로 빠져버린 다음부터는 더욱 과감해졌다. SUV가 지시등도 켜지 않은 채 차선을 멋대로 바꾸며 속도를 내자, 순간 그 뒤에서 달리던 덤프트럭이 긴 경적을 올리며 욕지거리를 내뱉었다. 트럭에 가려 앞이 보이지 않게 되자, 태열 역시 있는 힘껏 속도를 내며 몇 대를 앞질렀다. 아슬아슬한 추격전에 여기저기서 경적이 울렸다.

이윽고 빨려 들어갈 듯한 깜깜한 터널에 진입. 그 안에서도 SUV는 내일이 없는 것처럼 현란하게 요리조리 빠져나갔다. 그 탓에 간신히 터널을 빠져나왔을 땐, 이미 간격이 꽤 벌어져 있었다. 저 멀리 SUV 뒤 칸에서 금발 머리 하나가 삐져나오더니 이쪽을 향해 가운데 손가락을 내보였다. 승리의 세리모니인 셈이다.

"잡히면 뒤진다!"

태열이 있는 힘껏 고함을 지르며 오른쪽 그립을 비틀었다. 싸이카의 엔진이 우렁찬 소리를 내며 속도를 냈다. 그러나 동시에 긴박한 사이렌 소리가 울려서 보니 뒤에서 렉카 여러 대가 쏜살같이 튕겨 나갔다. 추격이 그만큼 늦어지자 태열은 머리끝까지 열이 뻗쳤다. 그 분노는 서울에서 좌천되어 온 것까지 합쳐져 걷잡을 수 없이 커져갔다.

추격한 지 20여분이 지났을까? 확실히 따돌릴 필요가 있다고 여겼는지 돌연 SUV가 설천면으로 향하는 교차로에 이르러 핸들을 돌렸다. 곡선을 따라 반 바퀴쯤 따라붙을 무렵에는 무시무시하게 속력을 높였다. 그야말로 '미친 짓'이었다. 그 옆에는 건축 폐기물을 잔뜩 실은 2.5톤 트럭이 함께 달리고 있었기 때문이다. 짐칸은 제대로 된 낙하 방지 장치도 없이 고봉처럼 쌓아 올린 폐기물 위로 대강 그물을 씌운 것이 전부였다.

"아잇!"

태열이 죽은 길고양이 시신을 간신히 피하며 사이드미러로 뒤를 힐끔 보았다. 그리고 다시 정면으로 시선을 돌리려던 찰.나.에. 뭔가 부딪힘을 느꼈고, 황급히 핸들을 휙 돌린 순간,

쾅!!!
콰광!

폭발적인 굉음이 터져 나옴과 동시에 전방 시야가 어지럽게 흔들렸다. 앞바퀴가 휘청이며 태열의 몸도 함께 떨어져 구른 것이다. 모든 감각이 산산조각 나는 것 같았다. 타이어와 마찰을 빚은 아스팔트 특유의 탄 냄새만 코끝을 스칠 뿐.

3분? 5분? 얼마간의 시간이 흘렀는지 모른다. 서서히 고통이 밀려왔다.

"끄응…"

태열은 팔에 힘을 주고 간신히 몸을 일으켰다. 아스팔트 노면의 날카로움보다 손목이 시큰거리는 아픔이 더 컸다.

"허억… 허억…"

눈앞은 그야말로 아비규환이었다. 트럭 짐칸에 쌓여있던 폐기물이 와르르 쏟아지면서 만들어낸 희뿌연 먼지가 눈앞을 덮었다. 태열을 따돌리기 위해 무리해서 속도를 내던 SUV가 기어이 트럭과 충돌하고 만 것이다. 트럭은 저만치 반대쪽에 처박혔고, SUV는 쿠킹호일처럼 찌그러진 가드레일을 올라타고 반쯤 기울어져 있었다. 다행히 태열이 타고 있던 싸이카는 그들과 접촉을 하기 전에 방향을 비틀면서 큰 사고를 면할 수 있었다.

"허억… 허억…"

널브러진 파편을 피해 천천히 걸음을 옮겼다. 그때 저기서 밖으로 막 빠져나온 환국이 어정쩡한 자세로 몸을 일으키며 비웃음을 흘렸다. 감히 천하의 양태열을 농락해? 마음 같아선 냅다 그 얼굴을 걷어차고 싶었지만, 어금니를 꽉 물고 말했다.

"일어나."

"흐흐흐흐… 니 이제 좆 됐어."

환국이 기이한 웃음을 터뜨리며 말했다.

"일어나, 새끼야!"

결국 참지 못하고 멱살을 잡아 올렸다. 거칠게 숨을 몰아쉬는 환국의 입에서 담배 냄새와 입 냄새가 불쾌하게 풍겼다.

"니이… 좆 됐다고. 한국말 몬 알아들어?"

태열은 환국의 턱짓에 따라 천천히 눈길을 돌렸다. 쩍쩍 금이 간 앞 유리 너머로 차 안은 적막한 공기가 감돌았다. 조수석에 앉은 브로커는 눈을 감고 입을 반쯤 벌리고 있었다. 그 뒤로는 아무렇게나 푹 수그린 금발 머리 두 개가 마치 미용실 한구석에 처박힌 가발처럼 방치되어 있고, 두 팔다리는 마네킹처럼 정적인 느낌을 자아냈다. 활기라고는 단 한 번도 없었던 것처럼. 너무나 비현실적인 모습에 태열은 순간 머릿속이 하얘졌다.

"안 돼…"

황급히 주변을 둘러보았다. 꿈속의 어느 한 장면처럼 뿌옇게 먼지만 자욱한 가운데 개미 한 마리도 보이지 않았다. 주변부터 살핀 것은 어디까지나 경찰로서의 직감에 따른 행동이었다.

환국이 이죽거리며 말했다.

"어이. 갱찰이 이래도 되는 거야? 응? 무고한 목숨을 죽이고 말이야."

"닥쳐!!! 이 개새끼야!"

멱살을 잡고 흔들며 소리쳤다.

쿨럭…

쿨럭…!

그때였다.

어디선가 들려오는 기척에 소스라치게 놀란 두 사람이 동시에 돌아보았다. 뿌연 먼지 속에서 차츰 뚜렷해지는 그 모습은 손수건으로 입과 코를 막으며 다가오는 영춘이었다. 왠지 모르게 안도의 한숨이 흘러나왔다.

"아이고. 난리 났네."

처참한 사고 현장을 한심하게 둘러본 영춘이 잔해를 피해 한 발씩 띄엄띄엄 옮기며 다가왔다. 그리고 바로 환국을 쏘아보자 조금 전의 그 패기는 어디로 갔는지 환국이 얼른 그 매서운 눈길을 피했다.

"보는 눈 없을 때 빨리 수습해. "

영춘이 아무런 흔들림이 없는 표정으로 말했다.

"당신 뭐야?"

"우리 행수다 새끼야! 알든서!"

기댈 권세가 생겨 용기가 솟는지 환국이 멱살을 쥔 태열의 손길을 거칠게 뿌리치며 말했다. 영춘은 팔짱을 낀 채로 이렇게 말했다.

"조용히 덮읍시다. 양 소장."

"아하, 한 패거리다 이거지."

"덮고 가죠."

"현장을 은폐하자?"

"안 그럼? 다른 수 있어요?"

"사람이 죽었어! 똑똑히 봐! 사람이 죽었다고!!"

태열이 차 안을 가리키며 목에 핏대를 세웠다.

"사람? 무슨 사람?"

영춘이 두 팔을 활짝 펴 보이며 물었다.

"대한민국 법에선 존재하지 않는 존재들이에요. 쟤네가 주민 번호가 있기를 해요? 아니면 여권이 있기를 해요? 존재하지 않는 것들을 왜 신경 쓰죠?"

"잘 들어."

태열이 영춘의 얼굴 앞에 손가락을 흔들며 말했다.

"당신 시동생은 조사에도 불응하고 냅다 도주했어. 공권력을 개무시했다고. 난 그 뒤를 정당하게…"

"추격했을 뿐이라고 백 날 천 날 떠들어보세요. 누가 비리 경찰 말을 들어주나."

순간 태열은 말문이 막히고 말았다. 영춘이 주머니에서 립밤을 꺼내 바르며 말했다.

"조폭으로부터 피해 입은 건설사를 조사하는 과정에서 수차례 향응이 있었고, 그로 모자라 거액의 뇌물을 뻔뻔하게 요구했다죠? 참다못한 건설사에서 자진신고하며 폭로했고? 저 짭새 새끼 조폭보다 더한 악질이에요, 하고. 어지간하면 조직사회에서 서로 눈감아줄 만도 한데, 평소에 얼마나 윗대가리들한테 밉보였는지 아무도 감싸주지를 않아. 그래서 하는 수 없이 쫓겨난 거잖아요. 그러면서 무슨 모함 쓰고 귀양 온 척 점잖 떨고 그래요? 닭살 돋게. 여러 말 할 것 없고 기회 줄 때 잡아요. 그게 양 소장한테도 좋으니까."

영춘이 빠르게 말을 마치며 립밤 뚜껑을 닫자 환국의 얼굴에선 미소가, 태열의 얼굴에는 어둠이 짙게 드리웠다. 손이 바들바들 떨렸다. 모든 저지선이 침범당하고 최후의 한계선마저 갈기갈기 찢겨나가는 기분이었다. 세상에 혼자 떨어진 기분이다. 알

몸으로 서 있는 기분이다. 언제 또 낱낱이 뒷조사를 했나, 깡촌의 유지 따위가 그럴 계제가 될까? 아니다. 이런 상황에서 시시콜콜 따져 묻는 것은 영 시간낭비일 것이다. 그렇다. 환국이 처음 말한 대로 좆 되어 버렸다. 과잉 추격으로 교통사고를 유발해 용의자가 사망에 이르게 한 혐의. 물론 그들의 신원이 끝까지 뚜렷하게 밝혀지지 않는다면 기사에는 분명히 '무고한 시민'쯤으로 나가게 될 것이고, 태열은 좌천되어서까지 사고를 친 '문제 경찰'로 낙인찍힐 것이다. 최악의 경우엔 해임이다. 다 안다. 다만 진실을 외면하고 싶었을 뿐이다. 기가 찬 나머지 이마에 손을 짚고 돌아섰다.

"시발!!!"

아무리 가드레일을 세게 걷어차도 끓어오르는 화를 주체할 길이 없었다. 그다음, 질책하는 제 형수에게 기어들어 가는 목소리로 뭐라 뭐라 항변하는 환국의 말소리가 들렸다.

턱! 쓰윽-

턱! 쓰윽-

그때였다.

세 사람 모두 소리가 나는 쪽으로 시선을 돌렸다. 그리고 똑똑히 보았다. 일그러진 차체 밑에서 누군가 기어 나오고 있는 것을.

그 순간만큼은 영춘도 얼어붙은 채 말을 잃었다. 동양인 여자였다. 그렇다. 불법체류자는 총 세 명. 러시아인 두 명과 국적 불명의 동양인 한 명.

턱! 쓰윽-

어떻게든 나오려고 애쓰는 생존자를 본 순간, 기쁨도 안도감도 아닌 **두려움**이 쓰나미처럼 휘몰아쳤다. 그것은 불법체류자 전원 사망이라는 문제와는 현저히 다른 문제였다. 만약 살아난다면? 그래서 지금까지 주고받았던 모든 대화를 세상에 알린다면? 전부 끝장이다. 이성보다 본능에 의해 시선이 움직였다. 주변에 널브러진 큼직한 돌덩이, 폐기물에서 쏟아져 나온 쇠붙이 조각… 태열은 고개를 세차게 흔들며 눈을 질끈 감았다. 이성적인 판단이 완전히 망가져 버렸다.

"윽…"

더는 나올 힘이 없는지 그대로 멈춘 그녀가 뭔가를 호소하듯이 입을 벌렸지만 잘 들리지 않았다. 나이는 기껏해야 이십 대 중반쯤 됐을까? 싸구려 노란 고무줄로 긴 머리를 질끈 묶었고, 화장기 하나 찾아볼 수 없는 수수한 얼굴이었다. 찰나에 온 집안 식구들을 먹여 살리기 위해 바다 건너 떠내려왔을 거란 뻔한 신파가 머릿속에 그려졌다.

"救救我… 吧…"

"머, 머러는 기고?! 우, 우짜지요, 행수님?!"

"救命…啊!"

"야! 니 쭝국애야? 대만?"

"브에…쓰…"

"부쓰? 부쓰? 아니라고? 시발 그럼 먼데?! 똑바로 말을 해봐라!"

그 와중에 영춘이 그녀의 말을 번역하기 위해 스마트 폰으로 번역 앱을 열었다.

"쟤 어디서 왔어? 어디서 데려온 애냐고!"

태열이 소리치자 환국이 보다 큰 목소리로 받아쳤다.

"몰라 시발! 지금 그게 머가 중요한데?!"

"부…쓰…"

여자의 하얗게 뜬 입술은 빠른 속도로 생명의 온기를 잃어가고 있었다. 뭐라 중얼거렸지만 전혀 들리지 않았다. 그리고 온 힘을 다해 뻗던 손길을 툭, 하고 떨어뜨리고 말았다.

그 순간, 세 사람이 동시에 숨을 들이마시었다. 태열이 재빨리 목동맥을 짚어보니 이미 숨이 끊어진 상태였다.

"죽었어!"

태열이 절규하며 그 자리에 무릎을 꿇고 말았다. 눈물이 핑 돌았다. 막장이다. 최악 중의 최악이다. 이건 꿈이다. 꿈이어야만 한다. 입술을 깨물고 머리를 쥐어뜯어 봐도 아무런 느낌이 없는 꿈이어야만… 제발…!

삐리리리-

삐리리리리-

그 순간, 낯선 멜로디가 울려 퍼졌다. 도로 너머 음산한 호숫가에서 물안개가 피어오르고 주변은 온통 고요한 가운데 느닷없는 소리였다. 벨소리, 그것도 64화음 벨소리였다. 가만히 귀를 기울여 보니, 엎드린 채 숨을 거둔 중국인 여자에게서 나는 소리였다.

삐리리리-

삐리리리리-

환국이 꺼림칙한 얼굴로 옷 안쪽을 더듬자 2000년대 초반에
나 쓸법한 폴더폰이 나왔다. 전화기가 제 주인이 아닌 낯선 손길
을 탄 것을 감지하기라도 했을까? 이윽고 벨소리가 뚝 멈췄다.
한편, 영춘의 스마트 폰에서 언어를 감지하여 번역한 AI의 음성
이 흘러나왔다.

어서 도망쳐!

4

투둑.

투두둑.

을씨년스럽게 빗방울이 떨어지기 시작했다. 하늘을 올려다보
니 어느새 두터운 먹구름이 잔뜩 몰려오고 있었다. 아침 일기예
보만 해도 비 온다는 말이 없었던 것 같은데, 7월 장마철은 한
치 앞을 알 수 없는 인생처럼 변화무쌍했다.

뭐에라도 얻어맞은 양 얼어붙어 있던 그때, 삐리릭- 무전 교신
음이 울렸다. 소스라치게 놀란 나머지 하마터면 무전기를 떨어
뜨릴 뻔했다.

지지직- 치익-

– 김 순경입니다.

– 응. 말해….

참 신기한 것은 그 순간, 시골 김 순경의 목소리가 지방 전출
을 권했던 이 경정의 목소리보다 훨씬 더 두렵게 느껴졌다는 사

실이다.

　－ 곧 현장에 광수대 도착할 예정입니다. (치이익－) 방금 전에 연락했는데, 아마 절반 가까이 따라잡은 것 같습니다. (지직－ 치이이익－)

　그러자 약속이라도 한 듯 세 사람은 서로의 얼굴을 재빨리 확인했다. 환국이 어떤 뜻에서인지 턱짓을 하자, 태열이 무전에 답했다.

　－ 알았어.

　태열이 무전을 끄자마자 영춘이 범퍼가 너덜거리는 차 앞부분을 둘러보더니, 두 사람에게 말했다.

　"뭐해? 빨리 차 안 세우고. 그쪽에서 둘이 밀어 올리면 되겠네."

　"이봐! 당신! 못 들었어?!"

　"또 뭐어."

　"광수대가 절반 가까이 왔다고! 시발! 다 끝났다고!!! 너네 때문에!"

　그러자 영춘이 다가와 냅다 따귀를 올려붙였다.

　찰싹!!!

　이게 미쳤나? 하고 눈이 희번덕 돌아가는 태열에게 영춘이 자신의 얼굴을 바짝 갖다 대며 말했다. 이번에야말로 정말 화난 얼굴로,

　"좀 새겨들어. 이 좆만한 새끼야. 절반 가까이 왔다는 건 아직 절반도 못 왔다는 뜻이야. 짭새 말을 곧이곧대로 믿으니까 네가 이 모양 이 꼴로 사는 거야." 그리고 얼른 표정을 풀고 말했다.

"빨리 움직이자고. 다 같이 사이좋게 항문 검사받고 싶지 않으면. 응? 양 소장?"

그다음부터는 뭐가 어떻게 됐는지 일일이 기억할 수 없을 정도다. 먼저 힘을 합세해 반쯤 기울어진 차를 세우고, 밖으로 기어 나와 숨이 끊어진 중국인 여자를 뒤 칸에 태웠다.

가드레일이 찌그러진 것과 상대편 트럭이 난간을 들이받은 것은 어찌할 도리가 없었다. 그나마 트럭 운전기사가 죽지 않았으니 그걸로 된 셈이다. 행여 무슨 일이 생기면 그가 졸음운전 하다가 박았다고 둘러대는 말도 안 되는 변명은 차치하더라도 가장 중요한 것을 잊은 게 있으니,

"감시카메라!"

싸이카를 일으켜 세우던 태열이 퍼뜩 떠올라 SUV를 향해 외쳤다.

"뭐라꼬?"

견인 줄로 영춘이 타고 온 차를 SUV에 연결하던 환국이 고개를 내밀고 물었다.

"감시카메라를 잊었어!"

SUV가 도로 밖으로 기운 탓에 죽은 여자가 차 밖으로 기어 나온 모습까지는 철저하게 가려졌을 것이다. 그 점이 위안이라면 위안이 됐다. 그러나 그걸로 안심할 수 없었다.

"봐라 쫌, 그딴 게 있겠냐고?"

"저건 뭔데?!"

철재로 만들어진 어느 구조물에 설치되어 있는 카메라를 가리켰다.

"작동 안 하는 거야."

"무슨 소리야 그게?"

"자꾸만 고장 나니까 그냥 냅뻐려 둔지 좀 된 거야. 어짜피 선량한 시골사람들끼리 멀 서로 감시를 한다꼬. 번번이 수리를 해?"

"그럼 교차로 진입할 땐? 거기 카메라는 어떡할 건데? 그것도 고장 났냐? 나중에 광수대에서 걸고넘어지면? 대안 있어?"

"아, 그라니까 선량한 시골사람들끼리 사는데 니가 와서 벌어진 일이잖아! 설서 잠자코 짭새질이나 해가 가마이 있었으야지! 와 등신같이 미운 털 백혀가 욜로 오고 자빠짔는데?! 새끼가 들자들자 하니까 콩콩 쪼아대고 지랄이네! 안 그래도 심난해 뒤지겠꾸만! 이기 다 누구 때문인데! 글고 차 남바 싹 갈아가 암도 못 찾아내! 내가 이 짓 한두 번 해보고 사는 줄 알어?! 니 밥 처묵은 횟수보다 더 많아 새끼야! 멀 째려봐? 째려보면 우짤긴데? 눈깔을 확! 저게 잽히가고 싶어 환장했나!"

한편, 공기의 흐름과 전혀 무관한 목소리로 조수석에 올라탄 영춘이 차창 너머로 소리쳤다.

"양 소장! 바로 돌아가지 말고 병원부터 가. 이따 저녁 7시까지 약속 장소로 네비 찍고 오는 거 잊지 말고. 그리고 저 트럭에 대해선 걱정 마. 다 뒤집어씌우면 돼."

"그쪽은?"

"우린 인타발을 좀 조정해야 되니까 잠시 후에 따로 출발할게. 먼저 가."

태열이 어중간하게 고개를 끄덕이자 그 모습이 못 미더운지 영춘이 다그쳤다.

"걱정 말고 이따 꼭 와!"

싸이카에 올라탄 태열은 자학과 분노로 핸들을 내리치며 절규했다. 그리고 복잡한 심경으로 먼저 현장을 벗어났다.

영춘이 혀끝을 차며 말했다.

"증말… 계집애처럼 겁은 많아가지고…"

"그라게요. 생긴 것도 따악 기생 오래비마냥 생겨가꼬요."

"그나저나 아우님, 그동안 사고 친 게 많은가봐. 불체자 애들 데려다 뭐 하려고 했어?"

"그게요, 행수님…" 환국이 공손한 어조로 대답했다. "마 다 먹고 살라카니까 그래됐십니다. 앞으론 각별히 조심하겠십니다."

"내가 안 왔으면 어쩔 뻔 했어?"

"그라게 말입니다. 하아 진짜 천만 다행이지요."

"그래도 비가 오니 발자국 지우는 덴 용이하겠네. 아, 그리고 아우님. 어디 흙 나올 데 없겠어?"

"있지요. 번영클래스 아파트. 거 신축공사 현장이요."

"그래?"

"예. 공사 중단됐다가 다시 재개한 지 좀 됐잖아요. 지난달에요. 행님하고 성묘 갔다 보지 않았십니까?"

"아아. 거기. 오케이."

영춘은 환국에게 받은 번호로 전화를 걸었다.

– 나예요. 박 소장님. 백봉재단 최영춘. 웬일은… 공사 다시 진행한다면서요? 몇 층까지 올라갔어요? 조합원들 추가 분담금 못 낸다고 시위하고 개지랄 떠는 걸 내가 지나가다 본 적이 있는데, 벌써 13층이야. 여하튼 잘됐네요. 응? 내가 잘못 봤나? 호호호. 아참! 딴 게 아니고 이번에 좋은 흙 많이 나왔겠네요? 사실 내가 좀 흙을 쓸 데가 있는데. 그거 한 차에 얼마죠? 5만 원? 흠… 한 열두 번은 왔다갔다 해야 될 것 같은데. 그럼 총 60… 아니다. 수고비까지 100 바로 이체해 드릴게. 박 소장님 개인 계좌로. 나 줘요 그거. 굴삭기는 육따블[6w. 굴삭기 버켓(바가지) 용량] 하나만 보내주고. 음음. 기사는 됐고 갖다만 놔줘요. 우리가 쓰게. 아니 이… 시골에 농막 하나 갖다 놓으려고 하는데 땅 다지는 데 필요해서. 얼마나 필요하냐고? 음… 한…

영춘은 뒤 칸으로 고개를 돌려 아무렇게나 겹쳐진 망자들을 눈으로 헤아리며 대꾸했다.

– 500년 묵은 귀신도 겨나오지 못할 만큼.

＊ ＊ ＊

다섯 시간 뒤.

"하마터면 큰일 나실 뻔 했습니다. 그만한 게 다행이죠."

김 순경이 목에 깁스를 두른 태열에게 말했다. 그러면서 찬찬히 깁스의 상태와 태열의 안색을 살피는 그 얼굴에서 주도면밀한 경찰공무원의 시선을 느꼈다. 갓 스물여덟이라고 했다. 전공과 무관하게 경찰 시험에 응시했고, 운 좋게도 첫 시도만에 합격했다고도 들었다. 그 흔해 빠진 합격담이, 그래서 넘치는 자부심과 의욕이 뒤늦게 스멀어 걱정으로 다가왔다. 혹시 뭔가 눈치채고 있진 않을까? 저 성실과 근면의 언행 뒤에 어떤 수사력을 발휘할 복심이 있진 않을까? 전지전능한 척하며 용의자에게 원하는 진술을 얻어내려는 경찰을 이기는 방법은 단 하나다. 말리지 않는 것.

"그건 그렇고 누구셔?"

아까부터 한쪽 구석에 죄지은 것 마냥 쭈그리고 앉아있는 초로에 접어든 여성을 눈짓으로 가리키며 물었다. 화제를 돌리기 위함이었다.

"그 트럭 기사의 어머님 되시는 분이세요."

"아…"

그러자 태열은 눈빛을 달리하고 다시 바라보았다. 그녀는 안 쓴 지 오래되어 생활 먼지가 가라앉은 사무용 책상 앞에 앉아 연신 두 손을 문질렀다.

"그리고 기사, 혈중 알코올 농도가 0.158 나왔습니다."

"뭐?!"

순간 허를 찔린 듯한 표정으로 몸을 휙 돌렸다. 두 귀를 의심했다. 거.짓.말…!

"음주 운전이었어요. 대낮부터. 물론, 밤에도 해선 안 되는 거지만. 아무튼 이 새끼 이럴 줄 알았습니다…."

김 순경이 애매하게 말끝을 흐렸다.

"이럴 줄 알았다니?"

"사실 그놈. 제 고등학교 동창입니다."

"동창?"

"네. 졸업하고 부사관으로 전역했다는 소식은 들었거든요. 근데 그것도 사실 불명예 전역이랍니다."

"뭔 짓을 저질렀는데?"

"거기까진 잘 모르겠습니다."

김 순경이 어깨를 으쓱하며 강 건너 불 보듯 태연한 표정을 지었다.

"음주 운전… 확실해?"

"확실합니다. 에어백 터지고 기절해 있는 거 응급실에 데려갔는데 거기서도 술 냄새가 어후…."

태열은 당혹감을 감추기 위해 입가를 문질렀다. 음주 운전이라면 말이 달라진다. 곧 공무 수행 중 벌어진 과잉 진압이 아니란 얘기다. 그렇다면 환국과 영춘의 겁박에 흔들릴 필요도, 찝찝하게 현장을 도망칠 필요도 없었다. 젠장! 먼저 트럭 기사의 음주단속부터 했어야 했다. 왜 그 생각을 못 했을까? 눈앞에 김환국을 잡아 족칠 생각만 앞섰다. 그 결과 음흉한 두 사람에게 그 상황에서 우위를 선점할 기회를 놓친 것이다. 이제 와서 과잉 진압이 아니니 난 발 빼겠노라 선을 그을 수도 없는 노릇이다.

중국인 여자가 죽었으니까.

절박함이 묻어나는 그 손길을 노골적으로 외면했으니까.

만일 구했더라면 살 수도 있었을까? 아니다. 서둘러 병원에 데려갔어도 숨이 금방 끊어졌을 것이다. 몇 마디를 끝으로 눈을 감은 게 그 증거지 않은가? 그렇다. 어떻게 했어도 그 여자는 죽을 목숨이었다. 그리고 그 여자를 죽인 건 태열 자신이 아니라 음주 운전을 한 트럭 기사다. 그래. 트럭 기사다. 그러나 그는 음주 운전으로 인한 살인죄를 면할 것이다. 시신들을 영춘, 환국과 공모해 어딘가로 은폐하기로 했으니까. 결국 분명히 살인자가 있는데, 살인자가 없는 사건이 되어 버렸다. 그건 그렇고, 과연 시신들을 어떻게 처리할 생각인 걸까?

"후…"

머리가 지끈거렸다.

"갱찰관니임…"

어느새 자리에서 일어난 기사의 모친이 말을 걸어왔다.

"저어… 함분만 봐주시모 안 되겠십니꺼? 가가… 공사판에 돌아댕김서 열씸히 일만 하던 아거든요? 근래에 사장한티서 독립해가 사업자두 내고 건실하게 일감 따내감서 잘 살았는데… 우째 이런 일이… 술이 웬수라고들 안 합니꺼?"

김 순경이 그녀를 간신히 달래 자리에 앉혔다. 그리고 돌아와

이어서 말했다.

"군청 앞에 철거업체 작게 하나 냈다고 하는데요. 승질만 더러운 게 아니라 일도 더럽게 해서 평소에 주변과도 싸움이 잦았다고 합니다. 그런데 기어이 교통사고까지 내네요. 아주머니만 불쌍하게 됐죠."

"병원에서 나오는 대로 즉시 입건해서 조사하자고."

"그 불체자들은 다 도망갔겠죠?"

순간, 가슴이 철렁했다.

"아직 뭐 조사해서 나온 게 없으니까… 불체자라고 단정 짓긴 좀 그렇지."

"딱 봐도 그래 보였는데…"

"그건 그렇고, 오토바이 말이야. 미러 교체하고, 페어링은 좀 문질러 피면 된대. 컴파운드 같은 걸로."

그렇게 말하면서 태열은 본인의 자리로 돌아갔다.

"예. 알겠습니다. 아! 이 차인가?!"

감시카메라 녹화 화면을 돌려보며 무언가 포착한 김 순경은 정지시킨 다음 다시 되감기를 시도했다. 태열은 다른 일을 하는 척하며 어깨 너머로 모니터를 조심스레 살펴보았다. 영상 속에서는 SUV를 쫓는 싸이카의 모습이 담겨 있었다. 그러나 흑백인 건 둘째 치고, 워낙 화질이 흐릿한데다가 원거리 촬영이어서 최대한 확대하지 않으면 안 됐다.

"아무리 돌려봐도 63… 다음은 안 보이네요. 저기 앞까지 잡기엔 화질도 구리고."

태열은 내심 안도의 한숨을 내쉬었다. 환국의 말대로 그 앞의 카메라는 망가진 게 분명하다는 뜻이다. 그러면서 은근슬쩍 이렇게 떠봤다. 재확인이 필요했으니까.

"아무리 그래도 국도 카메라가 망가진다는 게 말이 되냐."

"잘 모르시는구나… 여긴 해안 지역이라서 카메라 망가지는 거 보면 대부분 온습도 문제거든요. 영상 표출하는 부분도 말썽이고요. 그런데 이것저것 다 수리하려면 비용이 만만치 않아서 말이죠. 도로공사 애들도 손 놓고 있어요."

그러다가 본의 아니게 나고 자란 지역을 비하하는 발언으로 들린 양 싶자, "예산 문제로 방치된 카메라, 의외로 전국에 엄청 많습니다." 하고 둘러댔다.

"그래도 검은색 SUV면 몇 대 안 지나갔을 텐데. 면 소재지 쪽 카메라는 봤어?"

"제일 먼저 그것부터 봤습니다."

순간 태열 표정 굳다가.

"그런데 차량 번호 조회가 안 되는 거라… 또 샛길로 빠졌으면 더 찾을 길 없고요."

차량 번호 조회가 안 된다면 김환국을 불러 조사하면 될 일이다. 그런데 그럴 선택지조차 없다는 것은 당시 차량을 운전하던 이가 김환국이라는 사실을 김 순경은 모른다. 오로지 브로커와 세 명의 외국인 여성들뿐. 그리고 그들은 전원 사망이다. 자연스레 완벽한 은폐가 됐다.

다시 태열이 한결 풀어졌다. 그래, 아무도 죽지 않았고, 중상을 입지도 않았다. 적어도 경찰의 시각에선 그렇다. 표면적으론 그렇단 말이다. 평소에도 사고뭉치였던 트럭 기사가 어김없이 사고를 일으킨 거고, 그 무대가 이번엔 도로 위인 것뿐이다. 그래, 그뿐이다.

그제야 숨통이 트여 의자 뒤에 기대려는데 스마트 폰의 벨이 울렸다. 모르는 번호였다.

– 양태열입니다.

– 어이! 양 소장! 왜 안 와?! 무섭다고 내뺐어 설마?

태열은 김 순경을 의식하며 반대편 귀로 바꿔 받았다.

– 알겠습니다. 이따 뵙죠.

서둘러 전화를 끊은 태열이 김 순경의 어깨를 툭 치며 말했다.

"고생했다. 오늘은 나 먼저 들어간다."

"집으로 가시는 겁니까? 조심히 들어가십시오!"

* * *

저녁 7시. 소강상태에 접어들자 요란했던 빗발도 서서히 약해졌다.

마을에서 5킬로미터 떨어진 어느 호텔.

트윈 베드가 자리한 객실 한쪽에 티 테이블과 작은 와인 바가 있고, 그 안을 뒤적이던 환국이 투덜거리며 허리를 일으켰다.

"우리나라 사람들이 은제부터 와인을 마셨다꼬, 쏘주 맥주는 요게 전붑니다, 행수님. 밑에 내려가가 더 사올까요?"

하며 주류를 족발이 널브러진 테이블로 가져왔다.

"됐어. 무슨 경사 났어?"

"근데, 점마 저거. 이제 우리랑 한배 탄 거 맞겠지요?"

어떻게 여는 줄 몰라 한참 낑낑대던 환국이 테라스를 힐끔 보며 말했다. 영춘은 테라스를 분주히 오가며 통화 중인 태열에게 시선을 옮겼다. 그로부터 5분가량 더 이어진 통화를 끊고 태열이 안으로 들어왔다.

"아깐 머하고 여 와서까지도 전화질이야? 그래서? 김 순경 가가 머라는데?"

환국이 물었으나, 태열은 영춘을 보며 대답했다.

"트럭 기사. 전치 2주래. 조금 전에 깨어났는데 사고 당시 기억을 잃은 모양이야. 그럴 수밖에 없는 게 그놈 음주 운전 했거든."

"머어?!"

환국이 자리에서 벌떡 일어났다. 이번엔 영춘도 퍽 놀란 눈치인지 눈썹이 티 나게 출렁였다. 내심 안도하고 있는 것이다.

"그래서 그런지 몰라도 난간도 자기 실수로 박았다고 순순히 인정했대. 아무래도 블랙박스 미설치에 폐기물 불법 적재까지 벌금을 눈덩이처럼 맞게 생겼으니 얼른 일을 끝내고 싶은 모양이야.”

“광수대는?”

“거기서도 더는 조사하지 않을 거야. 일이 커져봤자 구멍 난 지역 치안에 대해 책임을 피할 수 없게 될 테니 자기네들도 골치 아프기 싫거든.”

자신이 몸담고 있는 경찰조직을 ‘자기네들’로 선 그은 부분에서 영춘은 흡족한 듯 미소를 띠었다.

“양 소장. 일단 와서 앉아. 한잔하면서 우리 대화 하자.”

일단 큰 고비를 넘겼다고 생각했는지 여유를 찾은 영춘이 나긋나긋한 목소리로 빈자리를 가리켰다.

“아, 시발꺼 이기 술이고 머고? 스님 마빡 씻은 물도 아이고 허얘가. 아! 한잔해!”

환국이 직접 술을 따라 건넸다. 잠시 망설이는 척이라도 할 줄 알았는데, 긴장이 풀리면서 하루 동안의 피로가 몰려온 탓일까? 의외로 태열은 단숨에 벌컥벌컥 받아 마셨다. 그리고 한 박자 쉰 다음에 가장 중요한 질문을 던졌다.

“그건?”

“뭘?”

“시신 말이야.”

“아직 차에.”

“빨리 처리해야지. 언제까지 놔둘 거야?”

“그래서 기다렸잖아.”

"누굴? 날?"

"그럼 누구겠어? 우리 같이 마무리 지어야지. 툭 까놓고 말해서 우린 돕는 거야. 메인은 양 소장이고."

"환장하겠네. 떠넘기겠다?"

"왜? 무서워?"

"이게 일상적인 일은 아니잖아? 시신을 차에 태우고… 후…"

그러자 영춘이 피식 하고 웃었다.

"사람들 참 이상해. 몇천 년 전 시신은 경이롭네 어쩌네 돈을 내가면서까지 보러 다니면서 고작 하루밖에 안 된 시신 앞에선 까무러친다니까. 무슨 심뽀야 도대체."

"그런 뜻이 아니잖아."

"아무튼 이따 같이 가서 묻어. 흙이랑 굴삭기는 도착했대니까."

"굴삭기는 누가 모는데? 설마 공범을 또 하나 만들자고?"

"걱정 마. 그건 아우님이 할 거야."

좌우로 팅기는 탁구공 보듯 두 사람을 번갈아 보던 환국이 가슴을 활짝 폈다. 왕년에 굴삭기 자격증으로 현장에서 일한 적이 있다는 말도 덧붙였다.

"좋아. 그런데 사건 발생 시각에 어디서 뭘 했는지 각자의 알리바이도 만들어 내야 해."

"굳이 머리를 짜낼 필요 있을까? 광수대에서도 손 뗐다며? 양소장만 입 다물면 끝나는 거 아니야?"

"만약을 위해서야. 준비한다고 해서 나쁠 거 없잖아? 막상 그때 가서 말이 앞뒤가 다르기라도 하면 낭패니까 입을 맞추자고.”

“대한민국 경찰이 그 정도 열정이 있을까?”

“만만하게 봐선 안 돼. 경찰들이 수사 과정에서 뭘 가장 주의 깊게 들여다보는지 알아? 바로 용의자의 진술에서 모순이 있는지 없는지야. 그래서 같은 질문을 반복해서 하는 거야. 그러다가 한 번 모순을 찾아내면 그다음은 시간문제라고. 거짓말은 그 자체로 혼란이고 자백이야. 진술에 빈틈이 보이면 일관성이 없어져. 그러니…”

열변을 쏟아내던 태열은 의자에 앉은 채로 반 바퀴 빙글빙글 도는 영춘과 심드렁한 표정의 환국을 보자 그만 입을 다물었다. 짧은 한숨과 함께 그저 두 손을 비볐다. 영춘이 그런 권태를 알아차렸는지 달래듯 대답했다.

“그래. 맞는 말이네. 그럼 양 소장은 그 사람들을 추격한 걸로 해. 아우님은 그 시각에 학원에 있는 걸로 하고. 실제로 학원에 있어야 할 시간이었으니까.”

“학원에 있었다는 걸 증언해 줄 사람이 있어? 본 학생들이 없는데 괜찮겠냐고?”

“수업 시간은 아니야. 직원실에 있었다고 하면 돼. 증인 겸 제2의 자아가 하나 더 있거든. 김장국이라고, 아우님의 쌍둥이 동생.”

“좋아. 그렇다면 당신은?”

“난 우리 남편 만나러 가는 길에 사고 현장을 목격한 걸로. 그 상황에 있었던 건 팩트니까. 그 정도로 둘러대지 뭐."

남편이라는 그 이사장도 이 일을 알게 될까? 하는 물음표와 함께 몇 가지 질문이 생각났지만, 그러자면 이야기가 길어질 것 같아 개인사는 묻지 않기로 했다. 대강 머릿속으로 시뮬레이션을 그려보니 충분히 가능한 스토리가 그려졌다.

태열은 긴 한숨과 함께 앞머리를 정수리까지 쓸어 넘겼다. 그리고 이번엔 처음부터 궁금했던 것을 물었다.

"마지막으로 하나만 더 물을게."

"그러셔."

"왜 그런 짓을 하고 살아? 안 그래도 먹고 살 만한 사람들이."

영춘이 질문의 뜻을 완벽하게 이해하기까지 몇 초가 걸렸다.

"너무 아우님 몰아세우지마. 반성하고 있대니까. 정말 그릇된 행동이었어."

시치미를 떼고 되물을 줄 알았는데 영춘이 의외로 술술 대답했다. 더 이상 상대에게 그 어떤 수사권이나 자격이 없다는 것을 알았을 때 나오는 뻔뻔함이었고, 환국은 자신을 대변해 주는 영춘을 한결 순한 눈빛으로 지그시 바라보았다. 그것을 모를 리 없는 태열이 가소롭다는 듯이 실소를 터뜨렸다.

"왜 웃어? 양 소장? 그런데 그런 일이 꼭 나쁜 건가?"

"말이라고 해?"

"사람들이 살기가 좋아지니까 다들 2세를 안 낳잖아. 지들 인생이 우선이라서. 아니, 이렇게 저출산이어서 세금은 누가 내고,

나라는 누가 지켜? 그러니 애 낳아줄 여자를 밖에서라도 데려오려는 거지. 옛날에 로마도 그랬을걸? 그뿐만이 아니야. 요즘 애들 자존심 때문에 공장에서 일 못 하겠대지? 오케이, 그럼 얼마든지 외국 애들 데려다 시키면 되는 거고. 이렇게 해서 역사가 바뀌고 문화가 바뀌는 거야. 난 그게 왜 나쁜 짓인지 전혀 모르겠는걸."

"불법 입국 자체가 문제라는 거잖아."

"아일랜드 난민들도 옛날엔 불법으로 다들 미국에 가 살았어. 그 덕에 케네디도 대통령 해 먹었고."

"맞십니다, 행수님!"

옆에서 환국이 신나서 끼어들었다. 든든한 천군만마를 얻은 기쁨에 쉴 새 없이 주절거렸다.

"중국 소학교에서 슨생질하던 아줌마도 내 구미에 있는 괜찮은 공장에 취직 시켜줬거등? 야, 중국에서 일 년 벌 거 슥 달 만에 벌었다고 좋아 죽을라들드라! 그 아줌만 자기 가족들 믹여 살리고, 대한민국은 갱제를 살리고. 마 서로서로 좋은 거 아니야??"

"말이 안 통하네… 수희, 수근이란 애들 알지? 학교에서 잡종이라고 놀림 받는댄다. 걔네 엄만 또 어디 갔어? 애비란 놈은 허구한 날 술 퍼먹고 살림 때려 부수던데. 이게 좋은 거야?"

"허구한 날 술 퍼먹고 살림 때려 부수는데 어떤 여자가 붙어 있어? 그리고 혹시 알아? 언 놈이랑 눈 맞았을 수도 있고. 왜 그렇다며. 와서 딱지ᴳ국적부터 받은 다음에 본국에서 지 보이프렌드 데려와서 도망치는 거."

"애들이 그러던데? 반 친구들 엄마도 다 집 나갔다고. 어디로 팔아넘겼어?"

"양 소장."

상체를 앞으로 숙인 영춘이 사나운 눈매로 나직이 말했다.

"어디 양 씨야? 양아치 양 씨야?"

그러자 태열이 들고 있던 맥주 캔을 술 방울이 튀기도록 세게 테이블에 내리쳤고, 또 그와 동시에 환국이 그의 가슴팍을 거칠게 제지했다. 영춘은 느긋하게 기름종이를 꺼내 코와 이마를 문지르고 다시 양 소장, 하고 불렀다.

"적어도 고맙다는 말은 할 줄 알았는데, 유감이네. 안 한대잖아. 아우님이 앞으론 손 떼겠다잖아. 그런데 이렇게 자꾸 죄인 심문하듯 갈구면 나 마음 상할라 해."

"……"

"우울한 얘긴 그만하자. 그래도 여기 찾아온 거 보면 우리랑 척 질 생각은 없어 보이는데. 틀려 내 말이?"

"그래. 알았어."

그런데 왜 화가 나는지 모르겠다. 엘리트 경찰이라는 우월감 때문인지, 그래서 이 두 사람에게 숙이고 들어가고 싶지 않은 건지, 아니면 과거의 비리를 알고 있는 이들을 마주하는 게 꺼림칙해서인지, 그것도 아니면 모두 다인지.

무겁고 난해한 기류를 깨뜨리기라도 하듯 환국이 어깨를 매만졌다.

"자자, 양 소장. 니도 알겠지마는 이젠 돌이킬 수 없어. 그라이 까네 괜히 지나간 얘기 끄내지 말고, 우리 같이 이 난관을 헤쳐 나가 보자고. 응? 좋은 게 좋은 거 아니겠나?"

"휴."

기가 찬지 말을 줄인 태열이 직접 술을 따라 단숨에 입에 털어 넣었다.

"사람이 존말을 하모 좀 받아들일 줄 좀 알어라!"

"아우님 됐어. 앉아. 그리고 양 소장. 혼혈로 태어난 애들이 학교에서 놀림 받는다고 걱정한다? 난 그거 아무것도 아니라고 생각해. 대한민국 사람들? 어디 한 번 싹 다 모아서 유전자 검사 해보라지. 순수 한국인 100%로 나오는 사람 있나. 없다고. 지들도 아마 중국, 일본, 태국, 방글라데시, 터키 아주 오만 군데 피란 피는 다 섞여 나올걸? 그렇게 따지면 누가 더 잡종인데? 안 그래? 거기다가 베트남 피 하나 좀 섞였다고 유난들은… 수희, 수근이? 걔들도 기 죽지 말라고 해!"

"예. 대단하십니다."

태열은 놀라웠다. 저런 식으로도 위로(?)를 할 수가 있구나, 하고. 과연 그녀다웠다.

띠링-

그때, 서늘한 메시지 알림음이 다시 공기를 얼어붙게 만들었다. 환국이 재빨리 화장대 위에 차키와 함께 올려둔 휴대전화를 확인했다. 죽은 중국인 여자의 것이었다.

"문자가… 왔는데요?"

"확인해."

"이게…"

잠시 머뭇거린 환국이 휴대전화를 내밀며 말했다.

"좀 보시야겠는데요?"

0♫6的3면비둘기
신분증 본인

＊ ＊ ＊

제각기 문자의 내용을 해석하느라 잠시 말이 없었다.

"이 머꼬. 신분증을 들고 본인이 오라꼬?"

"죽은 그 여자가 한국에 올 거란 걸 누군가가 알고 있어."

"양 소장 말이 맞네."

영춘이 태열의 말에 동의했다.

"사전에 입을 맞춘 사람이 있다꼬? 행수님, 이거 어떻게 보십니까?"

그때 태열이 뭔가 떠오른 듯이 환국에게 물었다.

"혹시 그 여자한테 이미 선금을 지급한 사람 아니야? 가령 포

주라던지.”

“먼가 오해하나본데, 내 분야는 국제결혼이야. 업소 알선이 아니라. 날 멀로 보는 거야?”

환국이 눈을 부릅뜨며 응수했다.

“그렇다면 더 수상하잖아? 이 여자는 단순히 밀항해 와서 누군가에게 시집을 가든, 일을 다니든 일반적인 루트여야 해. 그런데 당신네들이 어떤 알선도 하지 않았는데 이미 여기에 누군가 있다? 가족일 수 있지만, 보통 가족이 이런 식의 문자를 보내지는 않지. 지인도 마찬가지고. 분명 죽은 그 여자에겐 또 다른 목적이 있었어. 우리가 절대 모르는.”

“맞는 말이야.”

영춘이 천천히 자리에서 일어나 실내를 서성였다. 환국이 무릎을 덜덜 떨며 물었다.

“행수님. 문자 얼른 지워버리고 폰 뿌셔버립시다. 왠지 더 캐봤자 뒤질 것 같은데요?”

“아우님. 뒤지기밖에 더 할 곳을 그 여자앤 접선 장소로 왜 선택했겠어?”

“그래도…”

“오타일 수도 있지 않아?”

태열이 턱을 문지르며 물었다.

“그보단 암호 같은데?”

영춘이 받아쳤다.

"암호?"

"그래. 무슨 오타가 이래. 그래 놓고 밑에 본인이 신분증 들고 오라는 부분은 멀쩡하잖아."

"그래서? 이게 뭘 의미하는 것 같아?"

"음… 숫자만 빼보자. 그럼 063이야. 전라남도 지역번호가 되지."

여전히 미심쩍은 태열과 달리 환국이 무릎을 탁 쳤다.

"아! 그라네요! 근데 그 넓은데 우덴줄 알고 지들을 찾아오란 겁니까? 아! 양 소장! 니 고향이 전라도라고 하지 않았어?"

"그랬지. 그런데 틀렸어. 063은 전라남도가 아니라 전라북도 번호야."

"오케이 전라북도. 자, 그다음에 음표 기호와 한자 과녁 적, 면이 나오지. 먼저 음표. 이건 뭘 의미할까?"

"멜로디?"

"음악이지요."

태열과 환국이 차례로 대답했다. 그 후, 애매한 분위기가 흘렀다.

"아마 한두 글자지 싶은데…"

"홍! 홍겹다 할 때 홍!"

태열이 외쳤다.

"홍이라… 좋아. 그다음 한자어는 과녁 '적'이야. 죽은 애가 중국에서 온 것 같으니, 이걸 '더'로 읽겠지. 그다음은 '면'. 합치면 홍더면. 전라북도에서 홍더면이라는 곳이 있을까?"

"아! 비, 비슷한게 있심다!"

검색 결과 '홍덕면'이 나왔다.

"그다음 비둘기. 비둘기는 뭘 뜻할까? 이건 쉬워."

"평화?"

"시다!"

"빙고."

그러자 환국이 승리의 세리모니로 주먹을 불끈 쥐었다. 영춘이 이어서 말했다.

"비둘기는 심부름을 잘해. 뭘 대신 날라다 주는 것 말이야. 자, 관련 직종으로 뭐가 있을까? 양 소장?"

"택배업."

동시에 딱! 하고 영춘이 핑거스냅을 튕겼다.

"그런데 말이지." 태열이 손을 들어 흐름을 끊었다. "비둘기를 택배업과 연관 짓는 건 억지야."

"밀항해 올 여자랑 접선할 정도의 사람이라면 역시 깨끗한 처지는 아닐 거야. 보통 그런 사람들이 눈속임하려고 택배업 한다는 뉴스 기사도 못 봤어?"

"다른 업종도 많아."

"질문. 만약 양 소장이라면? 어떻게 눈속임할 것 같아?"

"무슨 말이야?"

"어떻게 위장하고 숨어 있을 거냐고. 시골에서."

"……"

"놀 순 없잖아?"

"그야 유흥업소나."

"구멍가게 같은 건설업이겠지. 뻔해. 주로 현찰 박치기니까. 공사비 삥땅을 치는 맛도 있고."

"건강보조식품회사를 차렸다는 사례도 있었어. 직구 업체나."

"노우." 영춘이 단정하듯 말을 잘랐다. "스타트업하니? 검은 돈을 만지기엔 스케일이 작잖아. 그렇다고 대부업은 너무 티 나고… 식당을 할 놈들은 더더욱 아닐 테고."

이 여자 보통 아니네, 란 생각이 들었다. 그 와중에 그녀의 남편에 대해 궁금해졌다. 저런 여자를 사랑한, 아니 감당한 남자는 어떤 남자일까?

영춘이 이어서 말했다.

"드러내되, 결코 눈에 띄지 않는 업종을 하겠지. 가령… 도축업이나…"

"택배업."

"거 봐."

영춘이 다시 핑거스냅을 튕겼고, 태열이 아차 싶은 얼굴로 팔짱을 꼈다.

"아우님. 홍덕면 쪽에 택배업이 몇 개인지 찾아봐."

그렇게 추려진 데가 두 곳이었다. 한 곳은 국내 최대 기업의 브랜드로 최근에까지 기사 채용공고를 냈던 곳이고, 다른 하나는 거리뷰 서비스를 보니 '○○운송'이라는 간판만 덩그러니 있을 뿐, 주변은 허허벌판이었다.

"택배업인데 도로가 비포장이라…"

영춘은 이번엔 모바일 앱을 통해 건축물대장을 열람했다. 그러자 놀랍게도 주 용도는 '축사'로 드러났다.

"축사요?? 이 새끼들 이거 무슨 꿍꿍이지? 축사면 면센데…"

환국이 삼지창처럼 튀어나온 코털을 급히 밀어 넣으며 중얼거렸다.

"우리 내일 당장 여기 가보자."

영춘이 의자를 앞으로 당겨 앉으며 말했다.

"미쳤어? 거길 왜 가?!"

태열이 눈을 치켜뜨고 물었다.

"양 소장. 세상의 모든 갈등은 100% 돈이야 돈. 여기 가면 뭔가 큰 게 기다리고 있을 것 같지 않아?"

"큰 거라니? 설마 당신…"

"저 행수님."

환국이 머뭇거리며 끼어들었다.

"머가 됐든 정확히 n빵 하는 기지요?"

"……"

"자고로 남자는 지갑이 빵빵해야 우델 가든 기를 피는 법 아니겠십니까."

"아우님."

영춘이 성가시다는 듯이 눈을 감았다 떴다.

"너는 양심이 도꼬니 아리마스까?^{어디에 있니?}"

그러면서 여기까지 올 수 있었던 건 전적으로 관에 메어 있으면서 협조하기로 결심한 태열의 덕분이라고 덧붙였다. 회유나 추켜세우기 위함이 아니란 걸 태열은 간파했다. 오히려 그것은 일종의 경고와도 같았다. 행여 발생할 변심에 대비한. 더 나아가 한배를 탔다는 사실을 상기하기 위함이었다.

"어쨌거나 내가 언제 섭섭하게 군 적 있었어? 자. 오늘은 그럼 이 정도로 시마이하고…"

"이봐. 당신. 이건 정말 미친 짓이야."

태열이 말했다.

"벌써 잊었어? 그 여자가 왜 죽을 각오를 하고 밀항선을 탔는데? 목적이 있었으니까 탄 거야. 과연 그 목적이란 게 뭘까? 내가 말했지. 세상 모든 갈등은 돈이라고. 그래, 돈이야! 도온! 게다가 지금은 이런 문자 메시지까지 왔어. 더욱 분명해진 거지. 죽은 그 여잔 이 장소에 가서 무언가를 쟁취해야 했던 거야. 그게 뭔지는 나도 몰라. 하지만 여길 가면 궁금증이 풀리겠지. 그러니 함께 가."

무거운 정적이 흘렀다. 환국은 이미 영춘이 결심한 대로 뜻을 따를 모양새였고 이제 태열의 결단만 남았다. 태열은 이미 미지근해진 맥주 한 모금을 천천히 입에 털어 넣었다.

사람에게서는 여러 악취가 풍긴다. 입 냄새, 방귀 냄새, 정수리 냄새, 여러 날 씻지 않았다면 몸에서 묵은 개기름 냄새에 팔자가 고달프다면 홀아비 냄새까지. 그러나 그중에서도 단연 으뜸으로 쳐주는 게 있다. 바로 더러운 **돈 냄새**다. 그동안 어떤 일을 해왔는지 모르지만, 영춘은 금전적 이익만 얻은 게 아니었다. 그보다 더한 것, 그러니까 뛰어난 후각을 얻었다. 태열과 환국이 죽어가는 여자 앞에서 벌벌 떨 때, 혼자 태연하게 스마트 폰 번역 앱을 실행하던 여자가 아닌가? 그런 그녀가 무섭냐고? 독하다고 느끼냐고? 절대 아니다. 태열은 오히려 그 예리한 촉과 후각에 감탄하고 있는 중이었다.

"좋아. 못 갈 거 없지."

태열이 다 마신 맥주 캔을 가볍게 찌그리며 대답했고, 비로소 두 사람의 입가에도 차례로 미소가 번졌다.

"그런데 죽은 여자의 신분증이 필요한데 어쩌지?"

"양 소장이 보기엔 저 문자를 보낸 사람이 과연 그 여자와 일면식이 있는 것 같아?"

"없다고 봐."

"어째서?"

"안면이 튼 사이라면 신분증이란 건 굳이 필요 없지. 본인이 보증을 서면 그만이니까. 이건 신분증과 동일 인물인지만 확인할 사안으로 보여."

"흠. 나도 그렇게 생각해." 그러면서 환국을 돌아보며 물었다. "아우님. 그 여자 나이가 얼마쯤 됐지?"

"서른은 안 된 것 같은데요?"

"확실히 말해."

"스물 일고야닯쯤 돼 보였습니다."

"스물 일고여덟… 딱 고 또래 여자가 있으면 제격인데. 우리 입맛대로 함께 가 줄 여자애 어디 없을까?"

"급한 대로 구해보겠십니다. 단군마켓에 올리모 우야든지 구해지겠지요."

"좋은 생각이네. 일단 다 나가자. 차에 있는 것들 처리해야지."

5

"무슨 과 의사랬지?"

서현이 물었다.

"산부인과."

"남자가 산부인과 의사라니. 대단해."

그렇게 말하면서 컨실러까지 야무지게 찍어 바르는 친구에게 확인차 고개를 끄덕여주는 것을 잊지 않았다. 커버력이 좋다 보니 점은 물론이고 잡티까지 그야말로 감쪽같이 사라졌다. 누가 보면 자기가 시집가는 줄 알겠네, 라고 생각하며 이어서 물었다.

"돈은? 잘 번대?"

"당연하지, 의산데. 시댁도 소문 난 부자래."

"얼마나?"

"예비 시부모님 두 분 다 의사라고 들었어. TV 프로그램에도 나오는."

"아…"

그 시절에 대학, 그것도 의대를 나와 서울 부촌에서 거주하는 노부부의 재력이 무한대로 머릿속에 그려졌다. 마스카라까지 풍성하게 올린 친구의 옆얼굴을 보다 말고 퍼뜩 떠오른 질문을 던졌다.

"그런데 걔 괜찮을까? 예비 신랑이 의사면 병원 차릴 돈도 만만치 않을 텐데."

서울, 그것도 반포에 30평대 아파트를 떡 하니 마련해줄 정도로 잘 사는 2대째 의사 집안에서 과연 한참 모자란 며느릿감을 단번에 승낙했는지를 돌려 묻는 것이다.

"아직 폐닥이긴 한데… 나중에 병원 차려도 남자 쪽에서 대주겠지. 걔가 무슨 돈이 있어."

"하긴."

"근데 키가 되게 작대."

"몇인데?"

"167? 8? 그런데 걘 남자 키 안 본대. 인성이 더 중요하다 뭐라나."

새빨간 거짓말. 정말 인성을 중요시했다면 그동안 한 트럭 만났던 모델 같은 남자들은 다 어쩌고? 어째서 키가 작은 남자를 남편감으로 둔 여자들은 으레 뭐가 좋아서 결혼했냐는 질문을 현명하게 넘길만한 효과적인 멘트를 고안하지 않으면 안 되는 걸까? 도대체 '훌륭한 인성'이라는 고차원적인 덕목을 지녀야만 간신히 덮을 수 있을 만큼 키가 작다는 것이 그토록 큰 결함인 걸까? 그 남자는 그나마 좋은 집안과 번듯한 전문직이기에 그 단점을 상쇄할 수 있다지마는. 어이없어.

이윽고 화장실에서 나와 카페 안으로 향했을 때, 마침 창밖으로 택시 갓등이 밝게 빛나고 있었다. 그 택시에서 오늘의 주인공이 내리는 모습이 보였으나 두 사람은 일부러 못 본 척 자리에 돌아가 앉았다. 곧 들어오면 그때야 반가운 얼굴로 인사해도 늦지 않으니까.

"어머, 이게 얼마 만이야!"

"얘들아, 안녕?!"

이렇게 말이다.

언제부터였을까? 동창들을 만나고 돌아오면 진이 빠지는 것 같다. 결혼 적령기가 되면서부터는 더더욱. 자랑의 무게중심이 '나'가 아니라 '배우자'에게 옮아가기 시작했고, 그런 대화를 주고받는 것 자체가 전투처럼 느껴졌다.

전투다.

세상 모든 시장에서는 전투가 벌어진다. 그중에서 결혼 시장이 특히 그렇다. 드러내놓고 가격을 흥정하는 것만을 얘기하는 게 아니다. 공정거래를 하려는 사람들과 부당거래를 하려는 사람들이 각기 창과 방패로 싸우는 곳. 완벽한 승리를 거머쥐지 못할 바에야 서로 가장 내세울 만한 것을 치환해 등가시키는, 그래서 뭐라도 얻어내고야 말겠다는 역겨운 전투.

과연 그 계집애는 뭘 내세웠을까? 도대체 어떤 무기였길래 의사라는 엄청난 전리품을 얻어낸 걸까? 얼굴? 딱히 미인은 아닌데? 매력도 없고. 성격? 에이, 그건 더욱 아니다. 그렇다고 집이 잘사는 것도 아니고.

그런데 어느 순간, 예비 남편이 의사라는 사실을 안 이후부터 어쩐지 레벨이 달라진 기분이다. '넌 언제 결혼해?'라는 질문에 '도무지 결혼할 시간이 없어.'라고 둘러댔는데, 하마터면 '시간이'가 아니라 '돈이'라고 사실대로 이실직고할 뻔했다. 물론 소유격은 남자 친구다.

패배감이 쏘아올린 화살은 으레 그래왔듯이 남자 친구에게 향하고 말았다. 집으로 돌아오는 길, 또 어김없이 전화로 크게 싸웠다.

– 나더러 어쩌라는 거야. 대체?

그도 요새 지속되는 야근에 신경이 날카로운지 서현의 투정을 받아줄 여유가 없어 보였다. 그걸 알면서도 서운했다.

– 어쩌라는 게 아니고, 내 마음이 그렇다고. 그냥 좀 이해하고 들어주면 안 돼?

– 넌 너무 남과 비교해.

– 걔네가 먼저 시작했어.

– 너도 못지않아. 그렇게 못마땅하면서 왜 만나는 건데? 여자들은 다 그래?

– 여자, 남자 가를 일이야?

– 그럼 너만 그런가 보지.

– 됐어. 더는 말하기 싫어.

– 나야말로. 네가 이럴 때마다 나도 숨 막혀.

– 뭐? 숨이 막혀?

– 그래. 말이 나왔으니까 말인데, 도대체 네 친구의 남자 친구가 포르쉐를 타는 걸 내가 왜 알아야 해? 네 친구의 대기업에 다니는 남편이 짭짤한 스톡옵션으로 명품 가방을 사준 걸 내가 왜 알아야 하냐고? 매번 이러는 거 질려. 부담되고. 너 자존감이 되게 낮아 보이거든? 좀 챙겨. 남 의식하지 말고.

그러면서 진짜 복수는, 상대방보다 더 잘 사는 거라고 덧붙였다. 그러나 땡! 틀렸다. 하나만 알고 둘은 모르는 소리다. 단순히 잘 사는 것만으로는 복수가 안 된다. 복수의 시점은 내가 잘 살고 있다는 걸 상대가 **아는 순간부터**다. 적어도 현대사회는 그래.

펑펑 울었다. 숨이 막혔다. 오후에 만나고 온 친구들과의 보이지 않는 경쟁이, 결혼자금이 부족한 남자 친구와 차마 헤어지지 못하는 현실이, 그리고 언제까지 직장 생활을 할 수 없다는 불안감과 몇 년 전에 아버지의 수술비를 대기 위해 신용카드사에서 신청한 리볼빙서비스가. 카드 앱에 들어가자 결제 예정의 리볼빙 숫자는 눈덩이 불어나듯 불어나 있었다. 어쩐지 원금보다 훨씬 커진 것 같다.

"사는 게 거지같아…."

침대에 풀썩하고 몸을 던졌다. 그리고 가만히 눈을 감았다. 왜 이렇게 사는 게 힘들까?

　사람은 누구나 자기 인생에서 주인공이라고들 한다. 맞는 말이다. 다만 내가 주인공인 내 인생이 이번 세상에선 딱히 흥행작이 아니라는 게 문제다. B급도, C급도 못 되는, 넘치고 넘치는 수억만 개의 졸작 중의 하나. 그러니 사람들은 졸작의 주인공이 되느니, 차라리 흥행작의 엑스트라로 사는 길을 택한다. SNS가 그래서 생겨난 것이다. 수많은 졸작의 주인공들을 위로하기 위해. 그들로 하여금 (예산을 낭비해서라도)흥행작의 주인공을 카피하도록 독려하기 위해.

　피식, 하고 웃음이 났다. 하지만 그렇게 살고 싶지 않다. 내 손으로 일군 내 인생에서 내가 주인공이 되고 싶다. 설령 그게 비극이어도 좋다. 사람들은 비극일수록 그 주인공을 기억해 주는 법이니까. 그러나 문제는 그렇게 성공하려면, 역시나 제작비가 어마어마하게 투입되어야 한다는 사실이다. 결국 돈이 관건이고, 돈이 답이다.

　"방법 없을까…"

　침대에서 몸부림을 쳐본다.

　돈…

　돈…

　돈…

　퍼뜩 뭔가 떠오른 서현은 벌떡 일어나 핸드백을 뒤졌다. 과연 이게 어떤 전환점이 될 수 있을까? 서현은 비행기 안에서 자신을 당혹게 했던 그 진상 여자를 떠올렸다.

백봉재단 실장 최영춘.
경상남도 남해군 미조면.
010-9114-XXXX

명함 속 전화번호로 키패드를 눌렀다.
그 뜻밖의 캐스팅에 이번엔 서현이 답할 차례다.

2부

열쇠

오, 눈먼 탐욕이여, 어리석은 분노여.
짧은 삶에서 그토록 우리를 뒤쫓고
영원한 삶에서 저렇게 괴롭히는구나.

- 단테 알레기에리 『신곡』

6

이튿날.

미조면에서 출발한 차가 하동을 거쳐 선운산 톨게이트에 들어설 때까지도 네 사람은 아무 말이 없었다. 커브를 돌자 백미러 아래로 길게 늘어진 사진 액세서리가 좌우로 출렁였다. 앞면에는 점치는 것을 좋아하는 영춘의 성격답게 주역의 64괘 중 하나가 그려져 있었다.

"어이. 아가씨."

뒷좌석에 앉은 환국이 조수석에 앉은 서현을 향해 말했다.

"입 좀 떼봐. 심심하이까."

안 그래도 묵직한 분위기를 풀어야 할 의무가 이 무리에 늦게 '신참'으로 참여한 자신에게 있다고 여겼는지 서현이 입을 열었다.

"그런데 다들 무슨 사이세요?"

단순히 궁금해서라기보다 프로필 탐색에 물꼬를 트기 위한 첫 질문에 가까웠다. 아무리 봐도 저 세 사람에게서 어떤 공통점도 보이지 않았기 때문이다. 운전석에 앉은 태열은 백미러를 통해 영춘과 환국을 힐끔 보았다.

"같이 빌어먹는 사이. 다른 말로 식구." 영춘이 코웃음 치며 대답했다. "자긴 올해 몇 살이랬지?"

"스물여덟 살이요."

"딱 좋네. 그런데 머리를 반묶음으로 하면 어떨까? 귀걸이도 빼고. 세상에 두 개나 했어?"

펌 끼 없이 생머리로 하고 오라더니 이제 와서는 액세서리까지 간섭이라니. 꽤 까다로운 고용주, 라고 서현은 생각했다. 그래도 어떤 원하는 이미지가 따로 있는 것 같으니,

"그럴게요."

"그나저나 경찰아우님. 그렇게 가다마이 쫙 빼입으니까 꼭 딴 사람 같다."

"나한텐 그런 소리 집어치우시지. 댁 같은 누님 둔 적이 없어서."

"굿. 자기야, 들었지? 옆에 운전하는 잘생긴 사람은 경찰이야."

영춘이 서현에게 말했다. 그러자 태열이 야유조로 말했다.

"걱정 마세요. 우리 다 같은 한 팹니다."

"아, 네."

"어디 항공사예요?"

"아시아나요."

"좋은 데 다니시네."

"계급이 어떻게 되세요?"

순간, 어떻게 나올지 보기 위해 경사라고 장난을 쳐볼까 싶었지만 왠지 뒤에서 주의 깊게 노려보는 영춘의 시선이 의식되자 그럴 마음이 확 달아났다. 지금 노닥거릴 때가 아니다-

"경감이요."

"아아. 높은 거예요?"

"그쪽이 아는 경찰들보단 아무래도 높겠지."

약간 들뜬 반응이었지만 딱 거기까지였다. 미모의 승무원에게 어필될 만한 직업도 아니거니와 솔직히 말하면 이런 식의 첫 만남도 너무 형편없다.

"아, 스투디스들은 성형 안 하제? 원래 인물들이 다 좋으니까?"

환국이 끼어들었으나 어쩐지 질문에 조롱기가 다분했다. '스투디스'가 아니라 '스튜어디스'라고 바로 잡아 주고 싶었지만, 그러자니 길게 말 섞고 싶은 캐릭터가 아닌 관계로 딱 잘라 말했다.

"모르겠는데요."

"성형외과 의사들이 제일로 싫어하는 말이 먼지 아나? 먼지 아십니까? 행수님? 양 소장, 니도 모르제?"

아무도 궁금해하지 않는 가운데 환국이 이어서 말했다.

"생긴 대로 살아라. 크흐흐하하하학! 2탄도 있어. 약사들이 개업할 때 제일 많이 하는 고민은? 으디서 약을 팔제? 크으으하하학!!! 으디서 약을 팔제!"

환국은 자기가 내뱉고도 어지간히 마음에 들었는지 숨이 넘어가도록 웃었다.

"양 소장. 저 앞에 고가 밑에 유턴하는 데 있지? 저기 잠깐 정차해."

영춘이 운전석에 헤드에 대고 지시했다.

짙고 커다란 그늘이 자리한 고가 밑에는 선글라스, 벨트, 티셔츠, 바퀴벌레약이나 구두약 따위를 파는 노점 트럭 한 대가 세워져 있었고, 그 뒤 마루처럼 펼쳐진 데크 위에는 빨간 고추가 널려 있었다. 그즈음에 서자 영춘이 차에서 내리는 대신 창문만 연채 주인을 불렀다. 박수를 착착! 두 번 치며,

"사장님!"

총채로 진열 상품들의 먼지를 털던 60대 남자가 만면에 웃음을 띠고 잽싸게 아는 체를 했다.

"뭐 드릴까요?"

"거기 스카프 있죠? 분홍색. 아니 아니 고 옆에 땡땡이. 응. 그거 하나 주세요."

계산을 마친 영춘이 조수석에 앉은 서현에게 건넸다.

"이걸로 묶어."

"그런데, 뭐 하나 물어봐도 돼요?"

스카프로 머리의 절반을 덜어 쥔 다음 가볍게 묶으며 물었다.

"뭔데."

영춘이 대답했다.

"원래 오늘 갔어야 할 여자, 누구였어요? 왜 못 간 거예요?"

딱히 둘러댈 말이 떠오르지 않자 다들 입을 다물었다. 그 와중에 사전에 정해둔 바가 있는지 서로 주고받는 눈빛이 심상치 않다는 걸 포착한 서현이 재차 물었다.

"말해 봐요. 왜 내가 대신 가게 됐고, 가서 뭘 받아 와야 되는 건지. 그 정돈 알려줄 수 있잖아요."

"뭘 받아올지는 우리도 몰라. 그리고 그 여자. 중국인이었어."

"시제가 과거형이네요? 지금은 여기에 없어요?"

목적지에 도착하였습니다. 안내를 종료합니다.

둘러댈 답변이 궁하던 그때, 마침 네비게이션 알림이 울렸다.

"아! 저쪽 같은데?!"

환국이 이미 지나쳐온 밭 너머를 가리켰다.

"저쪽은 길이 없잖아."

네비게이션을 확인하던 태열이 잠시 멈추고 대답했다.

"저쪽 맞아. 아무 데나 차 대고 내리자고."

영춘이 말했다.

서현은 조수석에서 따라 내리긴 했는데, 아무리 그래도 그렇지 아.직.은. 이런 후미진 곳까지 드나들 정도로 인생이 곤두박질친 건 아닌데- 하는 표정이었다. 애초에 주문은 간단했다. 단순히 누군가의 대타 역할만 해주면 된다고 했다. 그 쉽고 간단한 일을 해주는 대가로 100만 원이나 준다고? 처음에야 노련한 회유에 혹

했지만 차를 타고 오는 동안 수상한 점이 하나둘 떠올랐다.

주변에 듬성듬성 난 잡초는 성인 무릎까지 자라 있었다. 관리가 전혀 되어 있지 않은 이동식 화장실 옆으로 커다란 축사 비슷한 건물이 자리했다. '○○운송'이라는 스테인리스 간판은 진작 그 기능을 상실한 것을 증명이라도 하듯 녹이 슬어 있었다. 주변에서는 이따금 소똥 냄새와 무언가를 태운 냄새 비슷한 것도 함께 풍겼다. 결국 입구에서 돌연 걸음을 멈추고 소리쳤다.

"잠깐만요!"

앞서 걷던 세 사람이 뒤를 돌아보았다.

"이런 데라고는 말씀 안 하셨잖아요."

"이런 데인 줄 몰랐으니까."

태열이 차갑게 말했다.

막상 도착해보니 엄습한 불길함과 세 사람의 냉담한 태도까지 더해지자 서현은 더는 마음이 서지 않았다. 결심한 듯 꼼짝도 하지 않은 채 선언했다.

"안 갈래요."

"니 돌았나?"

환국이 눈을 치켜뜨며 다가왔다.

"무슨 일 하는 지도 말씀 안 해주셨잖아요. 더구나 이런 곳에서…"

"자기야." 영춘이 달래듯 말했다. "그건 우리도 정말 몰라."

"그걸 어떻게 믿어요?"

"자기 말마따나 이런 구린 데를 우리가 뭐 하러 오겠어? 똥인지 된장인지 찍어 먹어 보려고 왔지. 고집 그만 부리고 빨리 들어갔다 오자."

그래도 요지부동이자,

"150 줄게."

"200 주세요."

"최대 180까지야."

"250."

영춘의 입가에 짧은 미소가 스쳤다. 그리고 가소롭지만 얼마든지 봐주겠다는 듯이,

"오케이 200."

"싫어요. 250 달라고요."

"돌아가."

"뭐라고요?"

"그럴 거면 돌아가라고. 일을 시작도 하기 전에 돈부터 댕겨 받을 생각이나 하는 인간하곤 같이 못 해 먹어."

그러자 마지못해 수긍한다는 듯이 고개를 끄덕였다.

"알았어요."

"할 거야?"

"네."

"진짜지? 또 말 바꾸면 그땐 곤란해."

"네. 200으로 할게요."

"90이야. 괜씸죄로."

영춘이 손가락으로 9를 만들어 보이며 말했다.

"그건!"

"돌아가든가. 가는 길 알면."

"… 알겠어요."

못 이기는 척 따라 들어가는 서현은 이 세 사람에 대한 인적 데이터와 기량에 대해 빠른 속도로 계산기를 두드렸다.

녹슨 철문을 끼이익-하고 조심스레 밀자, 어둠에 익숙해지기 위해 얼마간의 시간이 필요했다. 어딘가에서 물이 똑똑 떨어지는 소리만이 들리는 가운데, 안에서 굵직한 소리가 폐건물 안을 울렸다.

"뉘셔?"

키는 190센티미터에 곰 같은 덩치, 가르마가 반듯한 상고머리에 숯검댕이 눈썹을 가진 남자가 모습을 드러냈다.

"이리로 오라며. 메시지 보냈잖아."

영춘이 대답했다.

"따라 와."

남자가 발걸레 같은 수건으로 목덜미를 닦으며 일행을 맨 끝 후미진 곳으로 안내했다. 한쪽에 쌓여있는 짚 더미를 걷어내자 커다란 뚜껑이 보였고, 그 뚜껑을 열자 지하로 향하는 계단이 펼쳐졌다.

"내려가."

차례로 내려가자 이번엔 이중 잠금을 해제하고 커다란 철문을 열어주었다. 그러자 종잡을 수 없는 내부 공간이 펼쳐졌다. 선정적인 포스터가 벽에 나붙어 있고, 양쪽 팔뚝에 문신을 잔뜩 새겨 넣은 수염이 덥수룩한 털보가 혼자 화투 점을 치고 있던 참이었다. 그 뒤로는 커다란 서버와 모니터 여러 대가 나란히 자리했다.

"어떻게 오셨어?"

환국이 문제의 휴대전화를 문자 화면이 보이게 내밀었다.

"본인?"

그러자 엉거주춤 앞으로 등 떠밀린 서현이 고개를 끄덕였다. 자연스럽게 잘 했다는 듯이 환국이 그녀의 굴곡진 허리를 은근히 쓰다듬자 서현의 표정이 일그러졌다.

"쯩."

이번에도 준비한 대로 신분증을 내밀었다. 털보는 의심이 깃든 눈초리로 서현의 신분증을 한참 뚫어져라 보았다. 영춘은 여유로운 척 다른 곳을 응시하고, 태열은 두 손을 바지 주머니에 찔러 넣는 것으로 초조함을 감췄다.

"오케이."

털보는 별다른 점이 보이지 않자 신분증을 선뜻 돌려주었다. 그리고 벽면에 자리한 연녹색 캐비닛을 열어 무언가를 뒤적이기 시작했다. 유심히 보건대, 그 안에는 열쇠 꾸러미, 심지어 총기 몇 자루도 보였다.

결국 이 신원 확인은 어떤 '거래'를 위해 필요했을 뿐, 죽은 여자를 찾기 위함이 아니다. 대체 이들은 뭐 하는 사람들이며, 죽은 여자는 이들과 무슨 관계였을까? 죽은 여자는 도대체 뭘 받으려는 거였을까? 네 사람의 머릿속에 같은 질문이 맴도는 사이, 털보가

"여기 있네."

하고 말했다. 그러나 건네준 것은 열쇠였다.

"이게 뭡니까?"

서현이 마뜩잖은 얼굴로 건네받는 사이 태열이 물었다.

"뭐긴 뭐야, 맡긴 거잖아. 왼쪽 끝으로 쭉 따라 들어가서 빨간색 문이야."

열쇠가 다가 아니다. 진짜 찾아야 할 물건은 보관되어 있다는 뜻이다.

"아아, 땡큐."

빨간 문을 열고 들어서자 목욕탕 사물함 같은, 아니 정말 폐업한 목욕탕에서 가져온 것으로 보이는 사물함이 즐비하게 이어져 있었다. 열쇠에 달린 번호대로 찾아가 문을 열었다. 문을 개시했을 때의 풍경을 서로 놓치지 않으려고 네 사람 모두 두 눈을 번뜩였다. 안에는 까만 배낭 하나가 있었다.

"꺼내 보입시다. 행수님."

"오케이. 양 소장, 들어봐."

태열이 한쪽 무릎을 세워 가방의 무게를 지탱했다. 보기보다

상당한 무게였다. 영춘이 지퍼를 열자 안에는 또 까만 비닐봉지가 있었고, 매듭을 풀자 네 사람 사이에 짧은 침묵이 흘렀다. 어느 순간에 태열이 고개를 번쩍 들었다. 영춘도 물건의 정체가 무엇인지 이 상황에서 뭐라고 말해야 적절할지 끝내 생각나지 않은 얼굴이었다.

"이, 이게 머지요?"

환국이 떨리는 목소리로 물었다. 순대 소금처럼 작은 비닐 팩에 소분된 새하얀 가루를 가만히 보던 서현이 하얗게 질린 얼굴로 작게 중얼거렸다.

"나 이거 영화에서 봤어…."

"필로폰."

태열이 작게 속삭였다.

그러자 아아아악!하고 서현이 괴성을 질러대는 바람에 모두 소스라치게 놀라 입을 틀어막았다.

"고마 주디 닫아라! 미친년아!"

환국이 당장이라도 때릴 것처럼 손을 들었다.

"가만히 있어! 다들!"

태열이 소리쳤다. 환국이 서현의 입을 틀어막으며 재차 물었다.

"확실해? 진짜야? 필… 그거 맞냐고?"

태열이 가만히 고개를 끄덕였다. 영춘이 너털웃음을 터뜨리더니 점점 그 소리가 커졌다.

"와, 와 그라시는데예? 행수님?"

"한국에서 살겠다고 꼼수 써서 온 애들 보면 하나같이 보통 아니지 않아? 와서 고분고분 일을 하기라도 해, 서방 삼시세끼 밥을 차려주길 해? 다들 몰래 뒤로 딴짓할 궁리만 하지 않았어?"

"맞십니다."

"그런데 얜 대박이네. 겁대가리도 없이 필로폰 장사를 해?"

"그라게 말입니다. 그 가시내 보통이 아인데요?!" 환국은 이번 엔 태열에게 물었다. "그래서? 양 소장! 다 하면 무게가 을마나 나올 것 같애? 갱찰이니까 대충은 알 거 아냐?"

"재봐야 알 것 같은데… 20키로 가려나."

"제가 재볼게요."

그때 서현이 불쑥 나섰다.

"니가 멀 아는데?"

환국이 끼어들었지만 영춘이 순순히 가방을 넘겼다.

"그래. 자기가 들어봐. 그래도 승무원 짬밥이 있는데."

"잘 아시네요."

국제선을 타면서 기내 반입용과 위탁수화물의 무게를 누구보다 잘 알기 때문에 자신 있었다. 가방을 이리저리 들어보더니,

"27… 8… 아니, 한 30킬로그램은 족히 나가는 것 같아요."

"확실해?"

"네. 평상시에 드는 것보다 훨씬 무거워요."

"양 소장. 필로폰 30킬로그램 정도면 대강 얼마쯤 되지?"

이번엔 태열에게 질문을 던졌다.

"아마 이 정도면 모르긴 몰라도 대략 100만 명분?"

환국이 놀란 토끼 눈으로 숨을 크게 들이마시었다.

"그래서? 그래서 돈으로 치면 을만데?"

"돈으로 환산하면…"

탕! 탕! 탕!

그때 밖에서 털보가 빨간 문을 두드리며 고함을 질러댔다.

"빨리 나오라구! 뭘 그렇게 밍기적 거려?!"

"결정하자."

영춘이 모두를 돌아보며 빠른 속도로 말했다.

"무슨 결정?"

태열이 물었다.

"이걸 어떻게 해야 할지."

"뭘 어떻게 해?"

"그럼 신고해?"

"안 하면 어쩌게?"

"뭐가 어쩌고 어째? 뜬금없이 이 지경까지 와서 신고하자고? 정말? 그럴 수 있어? 그럼 당장 경찰에 전화 쳐. 가서 항문 검사하고 죄수복 입으면 세상 부러울 게 없겠네."

또 시작이었다. 그녀는 만난 이래 이렇듯 독특한 수사법을 구사했다. 극단적인 선택지만 제공함으로써 상대를 자신의 통제권 아래 두는 것. 처음 본 순간부터 느낀 사실이지만, 영춘의 눈빛은 사람을 '본다'기보다 '투시'하는 것에 가까웠다. 단숨에 엑스

선으로 사람을 훑어 내리고 속으로 어떤 결론을 내린 것 같은 눈빛. 그런 그녀 앞에서 연기는 쓸데없는 시간 낭비다.

"해, 행수님 우짜시려고요?"

환국도 기대감 실린 걱정을 내비쳤다. 그러면서 이 중차대한 일 앞에서 비위를 맞춰줄 필요가 있다고 여긴 건지 말투가 더욱 비굴해져 있었다.

"시간도 없는데 내숭 떨지 말자고. 우리끼린."

영춘이 가방의 지퍼를 다시 잠가 올리며 말했다.

"얼마가 됐든 삼분의 일. 어때?"

"그다음은?"

태열이 물었다.

"뭔 그다음이야? 각자 알아서 사는 거지. 왜? 장가라도 보내 줘?"

"뒷감당할 수 있겠냐고 내 말은."

"일을 이 지경으로 벌려 놨는데 그때 가서 못 하면 어쩔 건데? 남자가 왜 그렇게 쫄보야? 그런 소갈딱지로 어떻게 국민들 삥을 뜯었대? 그건 안 무서웠어?"

탕! 탕! 탕!

"야!!! 나오라고!!!"

네 사람은 서둘러 문을 나섰다.

"잠깐!"

그대로 왔던 쪽으로 되짚어 나가려고 하던 그때, 털보가 불러

세웠다. 그러자 일동 우뚝 멈춘 채 얼어붙었다.

"안 찾아가?"

털보가 턱으로 가방을 가리키며 물었다.

"뭘?"

"환전 안 해갈 거냐고?"

그러면서 일행의 마음이 변할까 걱정됐던지 낯빛을 최대한 순하게 바꾸고 덧붙였다.

"원래는 수수료 15%인데. 10%에 해줄게."

"그럼 찾아가야지."

태열이 대답했다. 그 짧은 순간에 계산이 선 것이다. 가방을 건네자 털보가 느릿한 손길로 받았다. 이윽고 털보는 샘플이 올려진 테이블에 코를 바짝 갖다 대고 킁킁대며 냄새를 맡았다. 마치 그 모습이 '개'같다고 태열은 생각했다.

"아. 좋다. 간만에 코가 뻥 뚫리네."

고개를 들고 여운을 음미하듯 코를 벌렁거리며 황홀한 어투로 말했다.

"마, 마음에 든다이 다행이네."

환국이 허허 웃으며 말했다. 털보는 오케이 하더니 계산기를 두드려 돌려 보였다.

100,000,000,000

일, 십, 백, 천, 만, 십만… 헤아려 받아들이기까지 시간이 꽤 걸렸고, 그 사이 털보는 책상 밑 금고에서 돈다발을 주섬주섬 꺼내기 시작했다. 그러다 하나하나 세다 말고,

"맞다! 어떻게 드릴까?"

"뭘 어떻게 줘?"

영춘이 물었다.

"얼마까지 현금으로 받아 갈 거냐고."

"50억."

"그럼 코인엔 수수료 떼고 850억이야."

"좋아."

"비트로 가져갈 거야?"

"그게 뭔데?"

"비트코인으로 가져갈 거냐고."

"알아서 줘."

"안 돼."

태열이 영춘의 말을 잘랐다. "블록체인에 광고할 일 있어?" 그리고 털보에게 힘주어 말했다.

"모네로^{xmr, 암호화폐의 일종}. 사이즈가 크니까. 되겠어? P2P로?"

진작 코인계의 텔레그램, 시그널 메신저인 모네로를 이용해야만 추적이 불가능하다는 것을 알고 있었다.

"물론이지. 지갑은 어떻게 할래? 콜드^{Ledger, USB하드월렛}?"

"응. 아무래도 그게 안전하겠지."

"꼼꼼하네. 그럼 나머지는…"

"오만원 권으로 줘."

영춘이 재빨리 대답했다. 태열에게 주도권을 빼앗길 수 없다는 듯이.

"흐흐흐. 그러셔."

태열의 심장은 미친 듯이 고동치기 시작했다. 자기가 말하고도 지금 무슨 대화가 오가는지 현실성이 없었다. 어렸을 때 위인전기를 읽으며 그런 생각을 했다. 나중에 어른이 되면 주막가의 김 서방들, 우물가의 아낙네들처럼 되지 말아야지. 위인의 들러리가 되느니 차라리 그 적수가 되어야지- 그래서 경찰이 됐다. 그것만으로도 인생일대의 성공을 이루었다고 생각했다. 그런데 이제 보니 잘만 하면, 경찰을 때려치우더라도 아예 위인이 섬기는 왕 노릇을 하며 살 수도 있겠다는 생각이 들었다. 저 돈만 있으면… 저 돈만…

털보가 마우스를 몇 번 조작하자 어떤 보안시스템에 접근하기 위한 로그인 창이 열렸다. 그는 상대적으로 작게 보이는 키보드 위에 자신의 크고 두툼한 손을 가져가더니 패스워드를 입력했다. 그리고 엔터. 이체 액의 도달 상황이 60% 가량 진행되는 것을 확인한 털보가 책상 밑 금고에서 현금다발을 마저 꺼내기 시작했다.

65%

72%

마주 한 뒤로 못 견디게 길고 긴 정적이 흘렀다. 침묵 속에서 벽시계의 초침 소리만 미세하게 들려왔다. 째깍, 째깍, 째깍, 째깍…

"그런데 말이야…." 털보가 돌연 허리를 곧추 세우고 의아하다는 듯이 물었다. "아까부터 다들 표정이 왜 그래? 아주 빠따 맞기 직전인데?" 찰나였지만 그 도끼눈으로 일행을 한 사람씩 훑는 것이 느껴지자 심장이 철렁했다. "웃어. 시발 나까지 쫄게 되잖아."

"헷갈리지 말고 잘 세기나 해."

태열이 대답했다. 이게 기 싸움이라면 밀려선 안 된다는 생각이 든 것이다.

"당연히 그래야지. 그건 걱정 마. 그런데 내가 입에 빵꾸 뚫려서 오래 말을 못 해요. 이거 말이야, 이거. 낙지 빨판처럼 푹 파여서 더럽게 아파. 세 군 데나 났어. 오라메디도 말을 안 듣더라고. 우리 엄마가 알보칠 바르라는데 그건 죽어도 못 하겠어. 유튜브 보니까 알보칠 바르고 데굴데굴 구르드만. 누구 뒤지는 꼴 보고 싶어서 그러냐고 엄마한테 막 지랄했지. 엄마 때문에 유전됐다고 그랬더니 비타민C가 부족하대나 뭐래나 염병. 그거 먹는다고 나을 것 같으면 누가 구내염에 걸리냐고. 그러니까 존나 아파서 길게 말을 못해. 딱 한 번만 말 할 테니까 잘 듣고 불어. 너네 누구야?"

철컥.

눈 깜짝할 사이에 권총 한 자루가 그의 손에 쥐어졌다. 순간, 숨을 들이마시는 소리와 함께 일동 얼어붙고 말았다. 동시에 환국이 여차하면 도망칠 자세로 한쪽 다리를 뒤로 두자,

"어, 어? 야 탈모. 움직이지 마."

그러자 환국이 어정쩡한 자세로 꼼짝도 하지 않았다. 가짜 신분증이라는 걸 알아차리기라도 한 걸까?

"내 예상이 맞다면 너희들이 총책을 죽였어. 그리고 배달책도 죽이고."

"초, 초, 총책 아, 안 죽였십니다!"

환국이 비굴한 어조로 외쳤다.

"오케이. 그럼 배달책만 죽였어."

그러자 영춘이 온갖 욕을 담아 환국을 향해 눈을 흘겼다.

"그리고 이 귀한 걸 가로채러 왔어. 맞지? 아니, 아니, 됐고, 뭐 누가 뒤지든 알 바야? 그냥 이렇게 하자."

털보가 총을 쥔 손을 훼훼 저으며 말했다.

"니들 중에서 배달책 죽인 놈 나와. 그놈한테만 30%준다. 존나 멋있었으니까 수고비로. 나머진 못 줘. 어차피 이거 너희 꺼 아니잖아?"

아연실색해서 말을 잃은 일행을 향해 털보가 계속 말했다.

"오케이 하는 거야? 그럼 자! 누구야?! 누가 배달책을 죽였어?! 나와라 얍!"

그러자 네 사람의 시선이 미묘하게 부딪혔다. 뒤로 보이는 모니터 화면에서 이체액은 91%다.

"크크큭. 역시 남의 일이라 존나 재미있네. 탈모 저 새끼 표정이 불쌍해서 못 봐주겠다. 크크큭. 넌 아니구나. 크크큭."

바들바들 떠는 나머지 금방이라도 쓰러질 것 같은 서현을 제치고 영춘이 앞으로 나섰다.

"초면에 지랄이 지나치네."

여기서 진다면 모두 헛일이 되고 만다.

"오우! 쎈 여자 완전 내 스타일이지. 근데 넌 늙어서 탈락."

"싸움 그거 다구빨이라고 아직도 믿는 거야?"

"당연한 거 아니야? 먼저 맥주병 든 놈을 뭔 수로 이길 건데?"

그러면서 총자루를 영춘을 향해 흔들어댔다.

"그렇게 생각한다면 너무 실망인데? WEI가 그 따위로 가르쳤어?"

그러자 씰룩이던 털보의 눈썹이 파동을 그쳤다. 웃음기가 조금씩 사라진 얼굴로 털보가 물었다.

"누, 누구야?"

"사람 봐가면서 대하는구나. 그럼 잘 봐. 지금 여기 누구 앞인지. 나 누군지 모르겠어? 정 모르겠으면 WEI한테 전화해서 물어

보든가. 나도 이참에 할 말 다 해야겠다."

팁의 액수에 따라 숙이는 허리 각도가 달라지는 유흥가 똘마니들처럼, 영춘이 말을 거듭할수록 털보의 기세가 눈에 띄게 수그러들었다.

·
·
·

100%

"내놔. USB."

머뭇머뭇 USB를 내미는 손길을 낚아채며 영춘이 다시 말했다.

"잔소리 말고 이빠이 담아. 수수료는 8%야. 괘씸죄로."

그러자 천천히 총을 내려놓은 털보가 주눅이 든 얼굴로 캐리어에 돈을 채우기 시작했다. 그제야 긴장이 풀리는지 뒷배를 믿은 환국이 털보를 향해 주먹을 휘둘렀다. 힘이 잔뜩 들어가 있던 태열의 허리 근육도 차츰 풀어지는 순간이었다. 그녀는 사람을 요리해 먹을 줄 안다. 급박한 상황에서 저런 임기응변은 산전수전 다 겪은 데서 얻은 관록이라고 설명하기엔 부족하다. 그냥 타고난 것이다. 타고난 것.

영춘이 그중에서 오만 원권 한 장을 털보에게 날렵하게 던지며 말했다.

"알보칠이나 한 박스 사."

* * *

그로부터 정확히 5분 뒤.

분을 삭이며 화투를 치는 털보.

촥! 촥! 촥!

"재수가 없으려니까… 보자… 오늘이 화요일이니까…"

네 번 화투 패를 섞으며 왼손에 쥔 패를 담요 위에 가지런히 사열로 늘어놓았다.

"그럼… 열여섯, 열일곱, 열여덟… 열여덟이면 시팔."

다섯 번째 줄에도 죽 늘어놨는데, 이번엔 패가 보이게 놓았다. 남은 패 뭉치를 왼쪽에 가만히 올려두고 담요 위에 나열한 패 위에서 손길이 분주하고 눈빛은 매서웠다. 짧은 신음과 함께 패 뭉치에서 하나 꺼내 뒤집은 뒤, 담요 위의 패도 차례로 그 위에 나열했다. 그렇게 한참 몰두하다가 손에는 네 장의 패만 남았다. 고개를 뒤로 하고 두 눈을 게슴츠레하게 떴다. 부채 펼치듯 조금씩 펼치자 비로소 보이는 패!

"오늘… 손님이 오시겠네. 손님이. 흐흐흐…"

그제야 흡족한 듯이 입술을 씰룩이는 털보. 토토라도 해야겠지 싶은 마음에 오늘의 경기를 검색해 보는데, 그 순간 어떤 금속성 비명이 밖에서 들려왔다.

!!!

동시에 옆 CCTV 모니터 화면이 눈길을 사로잡았다.

[1화면(건물 입구)]
: 웬 허름하고 누추한 차림의 거지들이 빠른 걸음으로 창고 안으로 들어오고 있다.

[2화면(지하로 이어지는 계단 앞)]
: 뭔가 비상사태가 터진 듯 상고머리 거구가 뜨악한 표정으로 누군가와 주먹다짐을 한다.

[3화면(철문으로 이어지는 복도)]
: 거지들이 막아서는 거구의 안면에 주먹을 강타한다. 이어서 다른 거구들이 어떻게든 막아보려 하지만 가을철 낫에 베이는 벼처럼 속수무책으로 나가떨어진다. 가만히 보니 그냥 거지가 아니다. 척하면 척이다. '용역 살인병기들'이다. 더구나 놈들은 맨주먹은 아니다. 도끼, 칼 등 서슬 퍼런 쇠붙이를 하나씩 들고 있다.

"뭐, 뭐야, 저 새끼들….”
뭔가 심상치 않게 돌아가고 있음을 깨달은 털보가 떨리는 손으로 서랍에서 칼을 꺼내 들었다.

＊ ＊ ＊

Twisted Sister의 'I Wanna Rock'이 귀청 찢어지게 울려 퍼지는 차가 고가 밑을 빠른 속도로 지나고 있었다. 한 가지 달라진 점이 있다면, 갈 때와 달리 돌아오는 차 안에서는 다들 텐션이 최고조가 되었다는 사실이다.

I Wanna Rock!

"양 소장! 밟아! 세게 밟아!"

그간 억눌렸던 감정을 분출하기라도 하듯 환국이 악을 썼다. 누구의 소리인지도 모를 함성과 환호가 한데 뒤엉켜 차 안을 울렸다. 태열의 심장은 금방이라도 터질 것 같았다. 인생은 한방이라고들 한다. 그런데 그 한 방이 이렇게, 이런 형태로 느닷없이 찾아올 줄 꿈에도 몰랐다. 불과 하루 전과 비교해도 이건 환생 수준이다. 그렇지 않고서는 설명이 되지 않는다. 천억이라니. 천억이라니!

"우리 어디로 가는 거예요?!"

열린 차창 사이로 불어닥치는 바람에 뒷좌석에 앉은 서현이 귀에 대고 크게 소리쳐 물었다.

"최대한 멀리!!!"

그러면서 서둘러 우회전을 했다.

조수석에 앉은 영춘은 선글라스를 쓰고 있었지만, 입이 함박 벌어져 있어 하얗고 고른 이가 환하게 드러났다. 뒷좌석의 환국이 고래고래 소리를 질렀다.

I Wanna Rock! Rock!!!

* * *

빡!!!

방어할 겨를 없이 다짜고짜 번갯불 같은 주먹이 털보의 입가에 날아와 꽂혔다. 이윽고 뜨거운 피가 입가를 타고 흘렀다. 하필 구내염이 난 아랫입술이었다.

"수, 수, 수돕! 수돕!!! 입병! 입병!"

어떻게든 피해 보려 재빨리 팔꿈치로 얼굴을 막아보지만 연달아 쑤시고 들어오는 공격에 뚜렷한 방도가 없었다. 팔뚝 사이로 놈들의 얼굴이 보였다. 어깨까지 오는 산발한 머리에 며칠 씻지 않아 악취가 풍겼다. 나이는 대부분 30대 중후반쯤 됐을까? 160센티미터에서 180센티미터에 이르기까지 들쑥날쑥한 키에 다부진 체격을 가진 '살인 무기들'에게 자비란 없었다.

"起來"

(치라이) 일어나.

퍽!

명치를 맞은 털보가 새우처럼 등을 말며 그대로 고꾸라졌다. 놈은 거칠게 호흡하는 털보의 머리채를 잡더니 눈앞에 사진을 가까이 들이대며 물었다.

"这个女人是不是来这儿了?"

(쩌거뉴런 스부스 라이쭈얼러) 이 여자 여기에 왔지?

털보는 숨을 헐떡이며 간신히 사진으로 눈길을 옮겼다. 20대쯤 됐을까? 앳되고 예쁘장한 얼굴의 여자. 전혀 모르는 얼굴이다.

"모, 몰라! 모른다고! 안 왔어! 정말이야!"

놈들은 자기네들끼리 중국어로 뭐라 뭐라 주고받더니, 질문을 달리했다.

"47号钥匙. 给我."

(쓰시치하오야오시 게이워) 47번 열쇠 내놔.

굶주린 독수리 앞에 겁에 질린 새처럼 목을 흔들어대던 털보가 순간 제 귀를 의심했다. 47번 열쇠는 방금 남녀 네 명이 가져간 열쇠였다. 순간, 그 우르르 몰려와 부산을 떨던 모습이 불안하게 떠올랐다.

"그, 그거… 그거 아까… 아니, 조금 전에…"

뭔가 일이 잘못돼도 단단히 잘못됐다. 털보가 금방이라도 숨이 넘어갈 것 같은 얼굴로 말을 더듬었다.

"我数三，你说"

(워슈산 니숴) 셋 센다. 말해.

그러자 뒤에 있던 무리 중 하나가 기다렸다는 듯이 작고 날렵한 도끼 하나를 들이밀었다.

"一."

(이)

그러자 도끼를 높이 치켜들었다.

"자, 잠깐만! 잠깐!"

물건의 주인이 바뀌었다!

"一."

(얼)

물건을 도둑맞았다! 1,000억을 몽땅! 불과 5분 전에!

"二."

(싼)

찍어 내리는 도끼날에 어둠이 찾아왔다.

7

구우- 구우-

밤이슬 머금은 수풀 사이에서 새 울음이 들려왔다. 가로등 하나 없는 컴컴한 산기슭.

네 사람은 스마트 폰 불빛 하나만 켜둔 채 트렁크에 넣어 둔 가방을 하나하나 살피기 시작했다. 트렁크 칸이 부족하여 3열 뒷좌석을 접어가면서까지 공간을 확보해야 할 만큼 부피는 상당했다.

"그란데 행수님. 아까 웨이 어쩌고 한 건 멉니까? 아는 사람이라도 되는 깁니까?"

때마침 태열도 묻고 싶었던 질문이었다. 일제히 영춘에게 시선이 쏠렸다.

"그 구려빠진 데를 등기를 때 봤어."

영춘이 이제까지 봐온 표정 중 가장 밝고 들뜬 얼굴로 대답했다.

"등기요?"

"법인등기부등본 말이야. 대표자 이름이 중국인이더라고. WEI JIN JHE. 모 아니면 도인거지. 실제로 그놈이 거기 대가리면 다행이고, 아니면 좆 되는 거고. 그런데 보다시피 우리는."

"천 억!!!"

환국이 차 안이 떠나가라 내질렀다.

"쉿! 쉿! 수수료 뗐으니까 천 억까지는 아니야."

"아, 그게 그거지요! 인제 내는 죽어도 여한이 없십니다!"

"저기요."

그때, 줄곧 대화에 끼지 못하던 서현이 다시 끼어들었다.

"전 어떻게 되는 거예요?"

"뭐가 어떻게 돼? 아! 아이가릿!"

그러면서 캐리어 중 하나에서 오만원 권 묶음 하나를 흔들어 보이며 말했다.

"500이야. 원래 주기로 한 거에서 더 주는 거야. 뽀나스."

원래 받기로 한 보수에 5배가 눈앞에 놓여 졌지만 서현의 안색은 차갑게 변했다.

"그게 아니라요."

"오케이. 집까지 바래다줄게. 부모님 걱정하시겠네."

"저 혼자 살거든요?"

무슨 말을 하고 싶은 건지 말해 보란 듯이 영춘이 빤히 쳐다보자, 서현도 재빨리 표정을 수습했다. 내 인생의 주인공은 나다-

그리고 나는 내 인생을 흥행작으로 만들 필요가 있으며, 그러기 위해서는 무엇보다 예산이 필요하다- 서현은 영춘 앞에 정면으로 마주하고 말했다.

"솔직히 저 아니면 그 필로폰 가방도 못 가지고 나왔을 텐데요."

"콩고물 좀 더 달라?"

"아뇨."

"그럼?"

"그 콩고물 많이 묻은 떡 하나만 주세요."

"그럼 안 잡아먹을 거야?"

"봐서요."

"영 맹탕인 줄 알았는데."

영춘이 입 안에 혀를 굴리며 골똘히 생각에 잠겼다.

"저 가시내 저거 머러는 기고? 행수님! 그냥 주지 마시이소! 저 싸가지 읎는 거! 지가 멀 했다고 춤을 삼키는데?!"

그만큼 돈이 새는 것에 대해 환국이 불만을 토로했지만, 태열은 간만에 영춘에게 말 한 마디 지지 않는 그녀의 태도를 흥미롭게 지켜보았다. 영춘에 대한 절대적인 복종을 하는 환국이나 마을 사람들과 달리 신선한 캐릭터였기 때문이다. 어쩌면 이제까지 상황을 리드해 온 그녀의 전략적 구심력이 약화될 지도 모른다는 생각도 들었다. 누구든 그녀와 엮이면 자연스레 그녀의 주변인으로 배치되지 않았던가? 그러나 늙은 여우가 젊은 여우의 도발에 깨갱할 거란 예측은 보기 좋게 빗나갔다. 마치 머리 꼭대기까지 기어오르려는 너 정도의 여자아이쯤은 아무것도 아니라는 듯이 태연하게 받아쳤다.

"너 내일 출근 안 하니?"

"드랍하죠, 뭐."

서현이 기세 좋게 다시 받아쳤다.

"드랍?"

"스케줄 뺀다고요."

"그래도 되는 거야?"

"대타가 하겠죠."

"좋네. 직업."

"저도 그날 대타로 뛴 거거든요." 영춘이 고개를 갸웃하며 쳐다보자 서현이 웃으며 대답했다. "명함 주신 날이요. 인연이었죠, 우리."

"그래. 얼마를 바라니?"

"부르는 대로 주시게요?"

질문으로 대답을 대신했다.

"일종의 협상이지. 말해봐. 원하는 액수가 있을 거 아니야."

그때부턴 다시 상황이 역전 된 듯 서현이 주춤하는 기색을 보였다. 터무니없이 0을 많이 붙인다면, 칼같이 거절당할 확률이 높다. 이제까지 저 세 사람이 무슨 일을 꾸며 왔는지는 몰라도 반나절 동안 함께 있으면서 확실히 느낀 건 9시 뉴스에 나와도 무방할 사람들이라는 것과 영춘이 남자 두 사람 이상의 몫을 해낼 역량이 있다는 것. 그래서 앞으로 닥쳐올지 모르는 난관에 대응하여 얼마를 불러야 한몫 제대로 챙기는 건지 얼른 계산이 서지 않았다.

"이렇게 하자." 영춘이 말했다. "5억 줄게. 역할이 컸으니까."

어느 정도의 선을 불러야 할지 기준점이 잡혔는지 서현이 한결 시원하게 대답했다.

"10억 주세요. 역할이 컸으니까."

서현의 눈빛이 당돌하게 빛났다. 약점 잡힌 어른들을 어떻게 찜 쪄 먹는지 누구보다 잘 아는 년, 이라고 영춘은 생각했다.

"이제 보니 악연이네. 그런데 왜 하필 딱 10억이야?"

"결혼하고 싶은 남자 친구가 있는데. 아파트를 못 해온대요."

"살고 싶은 아파트가 10억이야?"

"네."

"그래서 자기가 해 가려고?"

"별수 없으니까요."

"좋아. 베짱이 마음에 드네. 자기도 오늘 샴페인 터뜨릴래?"

"그래도 돼요?"

"물론이지. 오늘 밤 신나게 놀고 우리 깨끗하게 빠이 하는 거야."

"좋아요. 돈부터 주세요."

"오케이."

영춘이 그렇게 결정을 내려버리자 태열과 환국도 차마 제동을 걸지 못했다. 그래봤자 100분의 1이다. 본인들이 가져갈 몫에 비하면 푼돈이고, 수고비 겸 공범으로서의 비밀유지 의무 값이라고 생각하면 사실 많은 금액도 아니었으니까. 서로 이견이 없는 합의였다. 영춘이 돈가방에서 돈뭉치를 과감하게 꺼내며 물었다.

"무거울 텐데. 들고 갈 수 있겠어? 잘못하면 어깨 탈골 돼."

"더 한 것도 들고 다니는데요."

이로써 계약이 체결됐다. 서현의 심장은 어느새 가슴뼈를 뚫고 나갈 것처럼 세차게 뛰기 시작했다. 그리고 다들 앞으로의 계획에 대해 떠드는 사이 남자 친구에게 메시지를 보냈다.

우리 헤어지자. 서로 지친 것 같아.
좋은 사람 만나길 기도할게.

＊ ＊ ＊

○○오션.

자축하기 위해 들른 곳은 안토니오 카를로스 조빔의 'The Girl from Ipanema'가 몽환적으로 흐르는 분위기 있는 바bar였다. 내부는 진회색의 노출 콘크리트 벽면에 매립 등이 은은한 조도로 바닥과 천장을 비추고 있어 시각적으로 한결 편안함을 느낄 수 있었다.

네 사람은 바에 나란히 앉았다. 영춘이 먼저 고급 샴페인을 주문하며 말했다.

"자기들은 뭐 마실래?"

"여기 맥주 오백은 없겠지요?"

환국이 그렇게 말하다가 영춘의 쌀쌀맞은 눈빛에 다시 말을 고쳤다. "같은 걸로 마시겠습니다."

서현은 모던하고 세련된 실내 분위기와 각종 술을 내오는 바텐더의 모습을 번갈아 보며 황홀함을 감추지 못했다. 금속성 실내 인테리어도 마음에 들고, 화려한 조명 등의 최신 설비를 보자 어쩐지 성공한 기분이 들었다. 언제고 친구들을 데리고 와야겠다- 그러다 문득, 대낮부터 싸구려 스카프로 머리를 묶고 있다는 사실에 소스라치게 놀라며 재빨리 머리를 풀었다. 머리를 훌훌 흔들자 자연스러운 웨이브에서 기분 좋은 샴푸 냄새가 은은하게 풍겼다. 오늘 남은 시간은 마음 편히 기분을 내고 싶다.

"아저씨 그거 무슨 맛이에요?"

흑맥주를 시킨 서현은 태열이 마시던 데킬라를 가져가 슬쩍 한 모금을 마시더니 인상을 찌푸렸다. 태열의 정신은 딴 데 가 있었다. 엉덩이 밑까지 아슬아슬하게 딱 붙는 스커트를 입은 여성이 하이힐을 또각거리며 지나가자 그 모습이 너무나 섹시하고 아름다웠기 때문이다. 문득 이런 데서 저런 여자와 함께 진탕 마시고 즐긴다면 하루에 얼마나 나올까, 기분 좋은 상상을 했다.

"야. 양 소장. 니 서울서 무슨 일 했는데?"

"보면 몰라? 경찰이잖아."

"갱찰도 분야가 다 따로 있잖아."

"강력계. 조폭전담반."

"이야. 진짜야?"

그러면서 자신이 지역 치안에 얼마나 보이지 않는 노력을 기울였는지에 대해 열변을 토했다. 그중엔 무보수 방범 대장으로 활약하면서 겪은 에피소드가 다수였다.

"내 이래 마을을 위해 봉사했다 이거야. 그람 갱찰관들이 말이야. 낸테 명예사원증이라도 줘야 되는 거 아니야?"

"명예경찰견처럼?"

"야. 내가 개야?"

환국이 술잔을 탁, 내려놓으며 따졌다. 그러나 분노가 실질적으로 드러난 건 아니었다. 어디까지나 친목을 도모하는 가벼운 수다였고, 태열도 들뜬 나머지 기분 좋게 응수했다.

"비유를 하자면 그렇다고. 개 좋아한다며."

"아무리 개가 좋다고 해도 갱찰견이 먼데?? 갱찰견이. 파브르는 머 버러지가 되고싶어가 파브르 곤충기 썼어?"

간만에 네 사람 사이에 긴장이 풀리면서 웃음이 흘렀다. 돈이 가져다주는 힘은 실로 어마어마했다. 서로 총을 겨누며 오늘내일하던 사이도 돈독해질 수 있게 만드는 게 돈일 것이다.

어느덧 분위기는 무르익었다. 취기가 올라온 환국의 목소리가 한층 높아졌을 땐 바 안에 손님이 반으로 줄어든 다음이었다.

"즈유까, 즈금리, 즈딸라! 이래 3즈 호황해뿌니… 을매나 우리 나라 살기존 나라였십니까? 예? 88올림픽 때 다들 으딨었십니까? 어이! 스투디스! 니 으디서 머했어?"

"안 태어났는데요."

"왜?"

"그걸 제가 어떻게 알아요? 우리 엄마 아빠가 안 만났으니까 안 태어났죠."

"아우님, 취했어."

"안 취했십니다!"

"그래서 결론이 뭐야."

"예, 결론으로 말할 것 같으모… 내는요. 인제 악착 뜰며 살지 않을랍니다. 내 돈도 이래 천억이나 많이 생깄…!"

태열이 그의 발을 꽉 찍어 눌렀다. 동시에 서현이 옆구리를 꼬집어 비틀자 그만 기절하는 흉내를 내며 시시덕대는 환국. 영춘이 자리에서 일어나며 말했다.

"지하에 가라오케가 있거든? 2차로 거기 가자. 여긴 내가 계산할게."

바 이용객에 한해 할인된 금액으로 제공되기 때문에 이왕 온 거 회포를 제대로 풀자는 것이었다.

"많이 나올 텐데요? 조금씩 나눠 내요."

서현이 마음에도 없는 소리를 했다.

"됐어. 그리로 옮겨서 한 잔 더 하자고. 먼저 가 있어."

* * *

윙-

윙--

새하얀 쉬폰 커튼이 바람결에 살랑살랑 흔들린다. 그 틈으로 부서지듯 쏟아지는 햇살이 기분 좋은 미온으로 눈자위를 덮었다.

윙-

윙--

살며시 눈을 뜨자 순간, 머리가 지끈거렸다.

여기가 어디더라. 아! 밤새 한바탕 신나게 놀아재끼던 이 건물은 지은 지 1년도 채 안 된 신축 호텔이었다. 정원에는 한눈에 봐도 값이 나가 보이는 소나무들이 즐비하게 심겨 있었고, 그 앞에는 뉴욕의 'LOVE' 로고를 본뜬 LED 조명이 이목을 끌었다. 내부는 각종 놀 거리와 즐길 거리가 풍부한, 사실 어지간한 리조트 뺨치게 훌륭했다. 바도 훌륭했고 가라오케의 설비도 최신식으로 나무랄 데 없었다.

윙-

윙--

손을 한참 더듬자 베갯속에서 스마트 폰이 잡혔다. 잠긴 목소리로 전화를 받았다.

– 여보세요.

– 김 순경입니다.

– 응. 말해.

– 좋은 소식입니다!

– 좋은 소식?

기분 좋은 포근함에 기지개가 절로 나온다. 팔다리 사지를 잔뜩 뻗어도 편할 만큼 침대는 이스턴킹(EK) 사이즈의 라텍스 소재였다. 간만에 호강하는군.

– 네! 목격자가 나타났습니다!

– ⋯⋯?

두 눈이 번쩍 뜨였다. 기지개를 켜던 팔다리가 어정쩡한 자세로 정지가 됐다. 정면에 걸린 벽시계의 시침은 오전 열 시를 가리켰다.

– 무슨 목격자⋯?

– 네. 며칠 전에 불체자들 탈주 사고 현장 목격자 말입니다. 방금 전에 전화가 왔습니다. 김장국. 백봉기술학원 행정실장이라는 사람 말이에요. 김환국 씨 동생 분! 그분이 봤답니다!

태열은 얼른 상체를 일으켜 세웠다. 동시에 룸 안을 샅샅이 훑어보니 옆 침대에 오바이트를 널어놓은 채 잠든 환국이 보였다. 티슈 케이스며 리모컨이며 손에 잡히는 족족 닥치는 대로 집어던졌다.

– 소장님? 듣고 계십니까?

– 어. 일단 알았어. 내가… 내가 이따 1시… 아니, 12시까지, 아니아니, 지금 바로 갈게.

전화를 끊자마자 냅다 소리를 질렀다.

"일어나 이 새끼야!!!"

그러면서 꿈틀거리는 환국의 멱살을 거칠게 잡아 올렸다.

"정신 차려! 방금 김 순경한테 전화 왔어!"

"머…? 김 순갱? 가가 와?"

"목격자가 나타났대! 그저께 사고 현장을 다 봤다는 목격자가 나타났다고!"

"머라꼬…?"

영 안 되겠던지 태열이 환국의 머리를 손바닥으로 소리 나게 내리치며 소리쳤다.

"네 동생! 김장국!"

그러자 정확히 한 호흡 뒤에 환국이 자리에서 벌떡 일어났다. 퉁퉁 부은 한 쪽 뺨에는 베갯잇 자국이 선명하게 남았고, 두 눈은 여전히 벌겋게 핏발이 섰지만 눈동자는 또렷했다. 환국은 제 귀를 의심했다.

"니 머라고 했어? 김장국?"

"이제 좀 현실 파악이 되냐?"

"김장국? 내 동생 김장국?"

환국이 태열의 늘어진 러닝셔츠를 잡고 늘어졌지만 맥없이 바닥에 쓰러졌다. 환국이 다시 가까스로 침대를 딛고 일어났다.

"사고 현장을 다 목격했다고 연락이 왔단다! 어떡할 거야?"

"그 띨띨한 놈이 멀 안다고 전화를 하는데? 가는 그럴 정신머리가 날 때부터 읎는 놈이야. 알아? 으… 와 머리가 아픈데."

"그럼 김 순경이 거짓말이라도 했다는 거냐? 됐고, 당장 옷 주워 입어!"

"우짤라고?"

"뭘 어째 이 새끼야! 가서 입단속을 시키든지 다리몽둥이를 분질러 놓든지 네가 알아서 해야지! 네가 책임지고 처리해! 알아들어?"

"양 소장아. 발 없는 말이 천 리를 간다는데 단속한다고 되겠나?"

"그럼 잘라버려! 십 리도 못 가게. 그럼 되겠네?"

"머? 이 새끼. 남의 귀한 동생한테 몬하는 소리가 읎네?!"

목에서 쇳소리가 나도록 악을 쓰던 환국의 꼴을 위아래로 한심하게 보던 태열이 별안간 주위를 둘러보며 물었다.

"네 형수 어디 갔어?"

"아! 그래! 빨리 행수님한테도 말해가 대책을 세우자고! 이 봐라 이. 시집도 안간기 발라당 까져가. 우데 남정네들 있는 데서 부꾸러운줄두 머르구."

욕실 앞에서 엎어져 널브러져 있는 서현의 발을 걷어차며 환국이 주섬주섬 바지를 추켜올렸다. 그러면서 어젯밤 나훈아의

'테스 형'을 부른 이후로는 잘 기억이 나지 않는다며 투덜거렸다.

"잠깐."

태열이 나직이 불렀다.

"와?"

"네 형수. 최영춘이 안 보여."

"……"

두 사람은 서둘러 룸 안을 살폈다. 욕실에도 어수선한 다이닝 룸과 테라스에도 영춘의 모습은 보이지 않았다. 급한 마음에 서브 객실 문을 노크도 없이 열어젖혔지만 역시 안은 텅 비어 있었다. 심지어 침대 시트가 깨끗하게 정돈되어 있는 걸 본 태열의 표정이 복잡하게 굳어갔다. 다른 의미로 심장이 두근거렸다. 옷가지나 소지품 따위가 이토록 감쪽같이 사라질 수 있나.

"차근차근 생각해 보자."

전날 밤, 네 사람은 서로 공정하게 하기 위해 돈이 담긴 캐리어와 USB를 차에 그대로 두고 이튿날 날이 밝으면 함께 제대로 나눈 뒤에 각자 헤어지기로 약속했다. 지하에 위치한 가라오케에서 신나게 마시며 즐긴 다음 객실, 그것도 패밀리 룸을 함께 쓴 것도 다 그런 이유에서였다. 누구 하나 다른 마음을 먹을 수 없도록. 의도가 그만큼 확실했기 때문에 그 같은 결정에 이의를 제기하는 사람은 아무도 없었다.

"머꼬… 이 머꼬… 행수님이 와… 옳지…?"

환국의 호흡이 점차 가빠졌다.

윙- 윙-

김 순경에게 전화가 왔는데 받지 않았다.

"야. 아시아나! 일어나봐." 태열이 치밀어 오르는 분노를 억누르고 말했다. "아, 일어나라고!!!"

"지금 몇 시예요…?"

서현이 갈라진 목소리로 물었다.

"아침 열 시. 너 어제 최영춘 봤어?"

"네…? 우리 다 같이 놀았잖아요."

서현이 게슴츠레한 눈을 껌뻑이며 주섬주섬 가방 따위를 챙겨 들었다. 그러다가 머리가 지끈거리는지 잠시 서서 휘청거리더니,

"으… 머리 아파. 어제 너무 과음했나…"

세 사람 모두 이렇게 정신을 잃을 만큼 과음을 했다는 게 말이 안 된다. 적어도 한 명쯤은 중간에 잠에서 깰 수도 있었다. 태열은 어제의 일을 떠올리기 위해 애를 썼다. 가라오케에서 노래 한 곡을 열창한 뒤에 영춘이 건넨 잔을 마셨다. 그리고 뇌가 흔들리면서 눈앞이 흐릿해졌다. 먼저 쉬겠다고 객실로 올라온 기억이 난다. 거기까지다.

"없어. 최영춘. 사라졌어."

"뭐라고요?!"

서현은 눈을 희번덕거리며 제일 먼저 자기 가방 먼저 살폈다.

다행히도 무거웠다. 들 수 없을 만큼.

"난 있어요!"

그러면서 대충 상황 파악이 됐는지 잽싸게 가방을 끌어안았다. 두 늑대로부터 지켜야겠다는 촉이 발동한 것이다.

"시발! 최영춘 사라졌어!"

"그럼 전화라도 해 봐요! 빨리!"

"아! 그라치!"

환국이 서둘러 전화를 걸었지만 연결이 될 리 없었다. 여러 번 해도 결과는 마찬가지였다. 뒤늦게야 깨달았다. 모두가 잠든 사이에 돈을 **도둑맞았다는 사실**을. 그때, 환국의 눈에 바닥에 떨어진 약포지 하나가 눈에 띄었다.

"이 머지?? 양 소장. 이거 니 꺼야?"

"아니."

순간, 태열은 뭔가 떠올랐는지 낚아채듯 약 포지를 손에 넣었다.

"바로 이거였어."

"머가??"

"우리에게 이 약을 먹이고 그 사이에 튄 거야."

"그, 그게 먼데?"

"몰라. 일단 우리도 여길 어서 나가자고."

세 사람은 서둘러 객실을 빠져나왔다. 패배감이 짙은 얼굴과 기죽은 어깨가 엘리베이터에 부착된 거울에 비쳤다. 태열은 대강 머리를 털었다. 몰골은 어제 진탕 마시고 노느라 눈에 띄게 형편없었고, 구김이 많은 셔츠는 그마저도 단추가 엇갈려 끼워졌다.

1층 로비에서도 일일이 사람들의 얼굴을 확인하느라 주위를 두리번거렸지만 그 어디에도 영춘은 보이지 않았다. 환국도 여러 차례 전화를 걸고 끊기를 반복했다. 혹시나 하는 마음에 서현이 여자 화장실 안을 샅샅이 뒤져봤지만 역시나.

"아니, 대체 그 아줌마 어디로 사라진 거래요?"

서현이 태열의 뒤통수에 대고 물었다. 태열은 마음속으로 간절히 빌었다. 부디… 처음 만났을 때, 그녀에게서 느낀 설명하기 어려웠던 불길함이 어떤 복선이 아니었기를. 혹 하고 끼치던 치명적인 느낌도 그냥 기분 탓이었기를. 몸이 안 좋아서 사우나엘 갔다든지, 그래서 부재중 전화를 확인하지 못 했다든지, 뭐가 됐든 이유가 있기를.

전속력을 다해 지하주차장으로 황급히 뛰어간 태열은 제일 먼저 트렁크부터 확인했다. 안은 텅 비어 있었다.

"없어! 아아아아악!!!"

태열이 머리를 쥐어뜯으며 괴성을 질러댔다. 캐리어도 USB도 모조리 사라졌다!

"이 호로잡년!"

환국이 트렁크를 소리 나게 닫으며 목소리를 높였다. 잡히면 어떻게 할 것인가에 대한 입에 담지 못할 욕설이 이어졌다.

태열이 서둘러 운전석에 앉았다. 모두 잠든 다음에 그녀는 어떻게 차 안을 털어갔을까? 그 많은 것들을? 혹시 공범이 있을까? 아니다. 그건 아닐 것이다. 그렇다면 이미 처음부터 계획된 일? 한껏 상기된 얼굴로, 거친 숨소리를 내며, 빠릿빠릿하게 들고 도망쳤을 모습이 머릿속에 그려졌다. 그 두서없던 상황을 알려주기라도 하듯 백미러 아래에 걸린 사진 액세서리는 거꾸로 뒤집혀 있었고, 방석도 일부 흐트러져 있었다.

그때 또다시 스마트폰 진동이 울렸다.

윙- 윙-

'김 순경'이라고 뜬 액정화면을 보자 도로 주머니에 넣으려다가 신경질적인 목소리로 받았다.

– 왜!

– 예, 소장님. 일단 목격자 출두시켰고요.

– 알았어! 알았다고! 간다고! 가면 되잖아!!!

– 아… 네. 그리고… 실장님께서도 곧 오신답니다.

순간 태열이 급브레이크를 밟았다. 주차 칸에서 반쯤 빠져나온 상태가 되어버리자 막 주차장으로 진입하던 다른 차량이 클랙슨을 울렸다.

– 뭐라고 했냐?

– 최영춘 실장님이요. 금방 오신대요. 시동생 김장국 씨가 와 있다는 얘기를 듣고 오시는 것 같아요.

귀를 의심했다. 그래, 그럼 그렇지. 이것도 의리고 정인데. 배신할 리가 없지.

– 아… 알았어. 그래. 금방 갈게. 꼭 거기서 기다리시라고 해. 꼭.

후…

안도의 한숨이 깊은 곳에서 흘러나왔다. 30분. 그 짧은 시간 동안 천국과 지옥을 오간 기분이었다. 이래서 사람이란 너무나 나약한 동물이다. 기다리는 시간이 길어지면 길어질수록 체념하기보다 원망과 절망만 무분별하게 증폭되는.

"머래 양 소장? 머라는데?"

"온대. 최 실장."

"정말요?? 그 아줌마 튄 거 아니었어요?!"

서현이 앞좌석 헤드 쿠션을 흔들며 물었다.

"어. 걱정할 것 없겠어. 저기 아시아나."

"네."

"너 가서 좀… 에너지 드링크 좀 사올래?"

"그럴게요."

"아, 아니다. 됐어. 내가 갔다 올게. 안 그래도 오줌도 마렵고."

＊ ＊ ＊

파출소에 도착하자 유리문 너머로 누군가와 열심히 대화 중인 김 순경의 등이 보였다. 예상대로 대화 상대는 목격자인 김장국이었다.

"김 순경. 나 왔어."

"아! 오셨습니까? 여기 김장국 씨…"

"실장님은?"

"거의 다 도착하셨대요."

"그래. 알았어."

"저, 그리고 이쪽이 김장국 씨입니다."

김 순경이 다시 말하자 태열은 성가시다는 듯이 그를 노려보았다. 흐리멍덩한 눈빛에 입가엔 우스울 것도 없는데 항상 입꼬리가 올라가 맹목적인 미소를 띠고 있는 모자란 얼굴. 잘 알지도 못 하면서, 뭘 안다고 입을 뻥긋거리는지. 때마침 뒤이어 들어온 환국에게 눈짓했다. 알아서 책임지라는 뜻이었다. 환국이 잠시 멈칫거렸다. 옆에서 며칠 보며 느낀 바에 의하면 모자라도 한배를 타고난 형제라 끔찍이 여긴다는데, 과연 입단속을 시킬 수 있을까?

퍽!!!

환국이 장국을 향해 날아차기를 했다. 결국 피보다 돈인 것이다.

태열은 문득 거울에 비친 자신의 모습이 땀에 절어 초췌하다는 걸 깨닫자 옆에 마련된 간이 세면대에서 찬물로 얼굴을 헹궜다.

정신이 개운해지는 것 같다.

고개를 들고 거울 속 얼굴을 물끄러미 보자, 거기서 아버지와 어머니의 얼굴이 차례로 겹쳐 보였다. 수능시험을 전국 67등 했을 때, 경찰대학에 수석 입학했을 때, 그리고 첫 발령 때, 첫 월급 받던 날 등등 그토록 기뻐하던 부모님의 얼굴이 이목구비 곳곳에서 보였다. 그런데 딱 하나, 큰돈이 생겼다는 사실을 알았을 때에는 과연 어떤 표정으로 얼마나 기뻐하실지 도무지 상상이 안 됐다. 무조건 경위로 시작하는 게 좋은 건 아니다- 순경으로 차근차근하는 것도 도움이 될 것이다- 같은 직렬이어도 경찰공무원으로서의 자부심은 네 삶을 바꾸어놓을 것이다- 라는 조언에 순경 시험을 준비 중이던 동생은 또 어떨까? 속물 같겠지만 태열이 먼저 나서서 시험을 그만두라고 말할 생각이다. 순경, 아니 경위 따위는 비교도 안 될 만큼 멋지고 편한 삶이 기다리고 있을 테니까.

딸랑-

출입문 위에 달린 방울이 흔들리며, 동시에 김 순경이 소리쳤다.

"아, 실장님!"

태열이 재빨리 몸을 돌렸다.

"다들 기다리고 있었습니다. 양 소장님, 이쪽이 아까 전화 주신 백봉재단 최영춘 실장님이세요."

태열이 그게 무슨 뜬금없는 소리냐는 눈으로 김 순경을 물끄러미 보았다.

"지금… 무슨 소릴 하는 거야?"

그러자 그녀는 태열을 향해 짧은 목례를 한 뒤에 명함을 건넸다.

"안녕하세요. 소장님."

백봉재단 실장 최영춘.
경상남도 남해군 미조면.
010-7335-XXXX

명함과 그녀를 번갈아 보던 태열은 경련이 일어나듯 입술을 떨었다. 그리고 환국과 서현도 자신처럼 충격 받았는지 확인하기 위해 그들을 돌아보았다. 환국의 눈은 휘둥그레진 채 말을 잇지 못했고, 서현 또한 되묻는 눈빛으로 태열을 바라보았다.

"소장님? 제 얼굴에 뭐라도 묻었나요?"

그녀가 재차 물었다.

태열은 기가 찬 나머지 말을 제대로 잇지 못 했다. 앞에 선 여자는 전혀 **딴 사람**이었다. 며칠 동안 알고 지내던 영춘의 얼굴이 아니었다. 살짝 굽은 허리에 희끗희끗한 머리를 한 노부인이 최영춘이라니.

3부

두 명의 사냥꾼

보라,
나를 파는 자가 가까이 왔느니라.

- 『마태복음 26장 46절』

8

"이 들뜰어진 놈이! 이 생기다 만 놈이! 으디 지 형 앞날을 망칠라고 들어? 응?!"

때리면 때리는 대로 퍽퍽 얻어맞고 있는 장국을 보며 태열은 담배를 재떨이에 비벼 껐다.

"이제 그만해."

"사람 구실도 몬하는거 거둬 믹였드니 머어? 우리 형이 차로 쳤어요오?! 니 봤어? 봤냐고! 그짓말이나 살살해라고 내 니 거둔 줄 알아? 오늘 니가 죽든 내가 죽든 우야든 간에 둘 중 하난 즐 딴 날 줄 알아라. 퉤!"

환국이 손목에서 시계를 풀고 본격적으로 때릴 준비를 하자, 태열이 소리쳤다.

"안 들려? 그만하라고!"

"갠히 이라나? 쪽팔리가 이라지!"

"그런 인간을 동생으로 둔 것도 네 팔자야. 그러니까 그만해.

지금 그게 중요한 게 아니니까."

환국이 숨을 돌리는 사이 장국이 쳇머리를 흔들며 외우듯 중얼거렸다.

"우리 형이 차로 빵! 하고 쳤어요. 제가 봤어요…. 우리 형이 차로 빵! 쳤어요. 제가 봤어요…."

장국이 손가락을 헤아리며 같은 말을 몇 번이고 뇌까렸다. 일관성도 개연성도 없어 증언으로서 효력을 발휘할 수 없다는 장국의 말은 대강 이러했다. 전날 영춘이 그 말을 반복해서 연습시켰고 모월 모일 모시쯤에 파출소에 전화해서 그대로 앵무새처럼 말하라고 말이다. 그 모월 모일은 모시는 바로 돈을 챙긴 네 사람이 호텔 지하에 위치한 가라오케에서 부어라 마셔라 하며 인사불성이 되던 시간이었다. 혹시 그 후 영춘의 행방을 알고 있냐는 질문에는 장국은 '모릅니다.'만 반복했다.

"야. 양 소장. 니 갱찰이니까 알 거 아냐? 컴퓨터 뚜드리보모 머 나오는 게 없겠어? 그 머야 그? 신원조회!"

후- 긴 한숨과 함께 태열은 천천히 자리에서 일어나 용접 실습실 내부를 둘러보았다. 실내는 특유의 쇠 비린내와 약품 냄새가 가득했다. 실습 테이블을 손으로 쓰다듬던 태열이 별안간 끄트머리에 있는 용접봉을 세게 집어던지자 우당탕탕, 하고 한쪽 벽면에 세워져 있는 쇠 파이프가 소리를 내며 쓰러졌다.

"이기 미칬나?"

말은 그렇게 하지만 재빨리 방어하는 태세를 취하며 환국이 눈을 부라렸다.

"너 삼청교육대 다녀왔다며?"

환국의 눈가에 잠시 당혹감이 스쳤으나 이내 비열한 웃음을 지으며 대꾸했다. "다니왔다. 머? 내 교관이었어, 이거 왜이래!"

그르륵- 태열은 쇠 파이프 하나를 주워 들더니 두 다리 사이에 놓고 그 위에 턱을 괴고 물었다. 누가 봐도 겁을 주기 위한 태도였다.

"진작에 데이터베이스에 접속해 봤어. 등록된 정보는 모두 진짜 최영춘의 등본상 주소지와 연락처뿐이더군. 그년이 소지하고 있던 휴대전화는 오전 11시까지만 해도 터지더니 지금은 아예 불통이야. 왜일까? 대포폰이니까."

"대포포온?? 이 우라질년! 내 가만 안도! 그년 이름은 먼데? 진짜 이름이 머냐고?"

"그건 내가 할 소리야. 요 며칠 형수 형수 하면서 똥꼬 빤 게 누구더라? 그런데 이제 와서 이름도 모른다고? 너라면 납득이 되겠냐? 이 상황이? 좋은 말 할 때 불어라. 도대체 너 뭐야?"

"양 소장 니 슬마 지금 나 의심하는 거야?? 어?"

"안 하고 베겨? 세상에 지 형수 얼굴을 모르는 시동생도 있나?? 처음 그년이 실장 행세를 하며 나타났을 때 다른 사람은 몰라도 넌 모를 수가 없잖아?"

"집구석 콩가루같아가 까발리기 쪽팔린데… 아! 까짓 거 말하지 머! 어차피 오락가락 하는 인간."

환국이 쭈뼛대더니 결심한 듯 말했다.

"오락가락 하는 인간?"

"우리 재단 이사장님 말이다. 그라니까 우리 사촌 행님. 행님이 좀 살아가 돈놀이도 좀 하고, 계집질도 좀 했다 안하나? 내가 아는 행수만 한 트럭이다 한 트럭!"

"하도 여자가 많아서 죄다 형수라 불렀다? 그래서 이번에 온 그년도 n번째 형수라고 여겼다? 지금 그걸 말이라고 해? 무신경할 게 따로 있지. 길 가는 사람 붙들고 말해봐. 상식적으로 말이 되는 소리인가."

"그라니까 내 콩가루 집구석이라 했잖아!"

"그럼 아까 그 여잔? 진짜 최영춘이란 여자는 본처야?"

"그란갑다. 그라고 내 그동안 쩌기 큰집에 오래 있어서 누가 누군지 잘 몰랐어. 그란데 아, 지가 최영춘이랍시구 맹함까지 떡하니 파구 들어오는데 벨 수 있겠냐고? 행님에 대해서두 아는 척 떠들어대는데 양 소장같으모 안 속겠어?"

그러면서 본인이 과거에 억울하게 징역을 살게 된 이야기에 대해 장황하게 떠들어댔다.

"사촌 형은 어디에 있는데? 이사장 말이야. 오락가락한다는 건… 정신에 문제라도 있는 거야?"

때마침 환국의 전화벨이 울렸다.

– 예, 김환국입니다. 어디라고요? 아!

화들짝 놀란 환국이 조아리며 말했다.

– 예, 예! 알겠습니다…. 마 지금 바로 올라가지요.

그리고 전화를 끊은 뒤에도 여전히 어정쩡하게 허리를 굽힌 자세로 태열에게 말했다. "이번엔 진짜 최영춘인데… 지금 좀 보자는데?"

4층. 이사장실.

"새로 오신 소장님이시군요."

태열이 내민 명함을 물끄러미 보는 최영춘은 짧은 단발에 둥근 인상을 가진 여자였다. 차분함과 그윽함이 풍기는 그녀에게서는 불미스러운 일로 만나게 된 사이임에도 상대에 대한 교양과 배려가 묻어났다. 그야말로 귀티가 흘렀다. 딱 하나, 가짜 영춘에 비해 가지지 못한 것이 있다면 그것은 바로 타고난 장악력. 가짜 영춘이었더라면 허락하지 않을 환국의 허튼소리도 그녀는 끈기 있게 미소로 경청했다. 문득 그런 면모에서 지루함이 느껴졌다.

그녀는 무엇부터 물어봐야 될지 어수선한 두 사람의 얼굴을 보더니 말했다.

"날 사칭했다고요?"

태열은 다소 불편할 수 있음에도 본론을 꺼내준 그녀에게 고마움을 느꼈다.

"유감이지만 그렇게 됐습니다. 몇 가지 여쭤봐도 될까요?" 태열은 그러면서 가짜 영춘의 사진 한 장을 내밀며 물었다. 사진은 며칠 전, 숯불고기 전문점에서 환영회를 하던 날 실내 CCTV에 찍힌 가짜 영춘의 얼굴을 확대한 것이었다. "이 여자, 혹시 아는 사람입니까?"

최영춘은 깍지 낀 두 손을 무릎 위에 가지런히 올리고 허리를 곧추세웠다. 사진을 향해 내리깔고 있는 시선에는 뭔가 신분적 우월감이 배어 있었다.

"네. 오래전에 남편과 별거 중인 저는 몸이 안 좋아서 제주도 자택에서 요양을 했어요. 친정이 그쪽이기도 하고요. 그곳에서 제 수족처럼 부리던 여자였어요."

그녀는 '수족'에 힘을 주며 말했다. 주종관계를 확실히 하고 싶은 윗사람으로서의 자존심이 엿보이는 대목이었다.

"혹시 이름이나 거주지 그 외 어떤 신상정보라도,"

"전혀 몰라요. 왜냐하면 모두 거짓이었으니까요."

"……"

"입주 가정도우미로 고용했을 때 제출한 이력서조차 모두 거짓이었다고요. 이름도 김지혜라고 그럴싸하게 둘러댔는데… 뭐, 기업이 아닌 이상 진위 여부를 따지는 일은 흔치 않죠. 따질 필요성도 못 느꼈고요. 너무 훌륭했거든요. 요리, 청소, 병간호 등 등 혼자 많은 일을 해내는 최고의 도우미였어요. 그런데…" 옅은 한숨을 뱉으며 말했다. "손버릇이 참 나빴죠."

태열이 입술을 축였다. 가짜 영춘의 실.제.모습이 처음으로 드러나는 순간이었다.

"구체적으로 말씀해 주시겠습니까?"

"언젠가 내 금고에 손을 댄 적이 있어요. 어떻게 기술을 익혔는지 몰라도 비밀번호 없이도 잘만 훔치더군요. 모르긴 몰라도 그간 훔친 돈만 1,300만 원 가량 될 거예요. 전혀 모를 거라고 생각했나 보죠. 하지만 불행히도 어느 날, 그 사실을 운전기사에게 들키고 말았어요. 물론 저에겐 고향에 계신 부모님의 병원비를 충당하기 위해 손을 댔노라고 눈물을 흘렸고요. 그때 그 눈물에 속는 게 아니었는데⋯ 하지만 문제는 그 이후였죠. 운전기사에 대해 앙심을 품던 그 여자는 기어이 기사를 쫓아내는 데 성공했어요."

"어떻게요?"

"자신의 몸을 바치더군요. 하⋯ 정말 독한 인간. 그러고서는 기사를 협박했어요. 당장 사직서를 쓰고 멀리 떠나지 않으면 영상을 해외에서 유학 중인 자녀의 학교 홈페이지에 뿌리겠노라고. 결국 기사는 스스로 일을 관두고 말았죠. 그것도 나중에 알게 된 사실이에요. 그 여자는 그로부터 얼마 뒤에 내 돈과 신분증을 훔쳐서 집을 나갔고요."

"그게 언젭니까?"

"5일 전이에요."

5일 전이라면, 가짜 영춘이 이 마을에 들어오기 하루 전날이다. 즉, 그녀는 제주도에서 최영춘의 신분증과 돈을 훔쳐 달아난 직후 이곳에 왔다는 얘기가 된다. 믿기지 않는다. 어떻게 자신이 훔친 인생의 본거지에 돌아와서 뻔뻔하게 그 행세를 할 수 있단 말인가? 어떻게 단 며칠 만에 환국을 비롯한 마을 사람들을 휘어잡고 재단을 장악했다는 건가? 영화나 드라마에 나올 법한 이야기가 아니라면 필시 전대미문의 사기행각이다. 머릿속이 혼란스러웠다. 애당초 그 여자의 정체는 뭐였을까? 실존 인물이긴 한 걸까? 모든 게 꿈같고 신기루 같았다.

"정말 우스운 건요. 입주 가정도우미지만 그만둘 때 퇴직금 지급을 조건으로 채용했죠. 그러니 이유를 막론하고 줄 생각이었어요. 그 자리도 그렇게 알고 있었을 거고요. 그런데 그걸 마다하고 고작 내 지갑에서 100만원을 훔쳐 갔더군요."

"그래서 실장님께서는 그 이유로 오늘 이곳에 오신 겁니까? 자신을 사칭하는 그 여자 때문에?"

"아뇨. 솔직히 절 사칭한 건 정말 어이가 없고 기분 나쁘지만, 그것 때문에 온 건 아니에요. 내가 오늘 아침 비행기로 일찍 이곳에 온 건 우리 남편, 별거 중인 그이 때문이에요."

"이사장님 말씀이십니까?"

"네. 별거 중이지만 남보다 못한 사이는 아니랍니다. 그이도 건강이 좋지 않아 이따금 안부 전화 정도는 하고 지내죠. 그런데 며칠 전부터 연락이 되지 않았어요."

"언제부텁니까?"

"공교롭게도 그 여자가 내 집을 나간 다음부터요."

"계속하시죠."

"수소문 끝에 남편이 정신병원에 강제 입원되어 있다는 사실을 알아냈어요. 너무 놀라웠죠. 강제 입원이라니… 오래도록 술을 좋아하긴 했지만 일상생활에는 전혀 문제가 되지 않던 사람이에요. 있다 해도 경미한 수준이었고, 계산기 없이 돈 계산도 잘하고 암기력도 좋았다고요. 그런데 강제 입원을 시켰다? 누구 짓이겠어요?"

최영춘의 입가는 어느새 눈에 띄게 분노로 일그러져 있었다.

"설마 그게 그 여자의 짓이라는 겁니까? 진짜 아내가 아닌데 어떻게요?"

하다가 다시 아차 싶었다. 그녀는 최영춘이라는 혼인 관계에 놓인 여자를 사칭했으니 얼마든지 서류도 조작했을 가능성이 높다. 그런데 강제 입원은 행정상 절차가 아주 복잡하다. 환자의 정신적 육체적 건강 상태가 온전치 못하며, 그마저도 직계가족 2인의 동의가 있어야지 가능하다. 하지만 예외도 있다. 이사장처럼 별거 중인 아내를 제외하면 슬하에 자식이 없는 경우, 단독 결정만으로도 강제 입원이 가능하다는 것. 가짜 영춘은 그걸 노린 것이다. 왜? 어째서 재단의 이사장을 '치워야만' 했을까?

"양 소장.

세상의 모든 갈등은 100% 돈이야 돈.

여기 가면 뭔가 큰 게 기다리고 있을 것 같지 않아?"

그렇다. 돈 때문이다.

최영춘의 개인 금고도 마음 놓고 손댈 정도의 여자라면 공금 횡령은 물리치지 못할 달콤한 유혹이었을 것이다. 이사장을 입원시켰으니 그야말로 골키퍼 없는 골대가 아닌가? 그러나 공금을 얼마나 횡령했는지는 밝혀진 바가 없다.

머릿속이 온통 혼란스러운 가운데, 최영춘이 가소롭다는 듯이 말했다.

"스파이크 피트Spike Pit라고도 하죠. 구덩이를 판 다음 날카로운 창을 박아 놓고 적이 떨어지기를 유도하는 장치. 일종의 덫이죠. 그간 무슨 일이 있었는지 모르겠지만 제가 보기엔 당신들도… 당한 것 같네요. 명심하세요. 그 여잔 자기에게 방해가 되는 요소들을 그런 식으로 제거한답니다. 제 손에 피 한 방울 묻히지 않고."

태열과 환국은 더는 할 말을 찾지 못한 채 시선을 주고받았다.

"아무튼…" 최영춘은 정리하듯 말했다. "어떤 상황인지 대강 이해했어요. 다만, 저는 재단 운영에 있어서 그 어떤 물질적 피해를 본 것도 없고, 딱히 사회적 명예를 실추당하지도 않았기 때문에 그 사기꾼의 뒤를 굳이 캐고 싶지 않네요. 더 일을 키워봤자 득 될 것도 없고요."

정확히는 이번 일로 말미암아 지저분한 가정사와 부실한 재단 운영의 실체가 세상에 드러나기를 원치 않는다고 봐야 맞다. 남들 입방아를 감당하기엔 그녀는 앞서 말한 대로 연로한데다 건강이 좋아 보이지 않았기 때문이다.

태열은 오랫동안 생각에 잠기더니 최영춘에게 실례를 구하는 목례를 하며 말했다.

"이 컵 좀 가져가도 될까요?"

가짜 영춘이 쓰던 컵이었다.

* * *

권력자를 이용하는 법은 간단하다. 그들로 하여금 빚을 지게 하면 된다. 그럼 그 빚은 현물로 돌려받는 대신, 그들의 지위를 이용해 아주 손쉽게 해낼 수 있는 행동을 이끌어 내면 충분하다. 그렇다고 둘의 관계가 끝나는 것은 아니다. 채무 관계는 끝났어도 또 다른 유대관계가 시작되는 것이다. 세상 모든 정경유착의 운행 원리도 이와 크게 다르지 않다.

최영춘을 만난 후로부터 며칠이 더 지났다.

태열은 우등 고속버스를 타고 아침 일찍이 서울로 올라왔다. 환승한 지하철에 몸을 맡긴지 얼마나 됐을까? 목적지인 국회의 사당 역에 내리자 댁들로부터 노동력을 최대한 착취하겠지만, 대가는 쥐꼬리만큼 밖에 줄 수 없다는 듯이 단호한 얼굴을 한 금융업 빌딩들이 제일 먼저 태열을 맞이했다. 상황이 상황인 만큼 마치 세상이 호락호락한 게 아니라고 엄포를 놓는 것 같다.

약속 장소인 모 카페로 향했다. 선배 이 경정과 만나기로 했기 때문이다. 어떻게 보면 태열을 좌천시키고 또 이 지경까지 이르게 한 원인 제공자였지만 지금 시시콜콜 그런 것을 따질 때가 아니었다. 그리고 가짜 영춘을 한 차례 겪은 다음이라 그런지 이 경정조차 시시하게 느껴진 것도 사실이다.

약속 시간이 딱 됐을 무렵, 칼같이 유리문 너머로 그가 들어왔다. 기분 탓인지 머리부터 발끝까지 신수가 폈다는 느낌이 들었다. 이발도 했는지 머리 모양도 말끔하다.

"여깁니다."

손을 들었다.

"언제 왔냐?"

"5분 전에요. 뭐 마실래요?"

이미 마셨지만, 그의 것과 함께 자몽주스 두 잔을 주문했다. 그리고 개인적인 안부를 묻는 등 수인사를 짧게 하고 바로 본론을 꺼내 들었다.

"제가 부탁한 건요?"

"챙겨왔지." 이 경정이 가방에서 서류를 꺼내며 말했다. "이게 그 결과서야. 지난주에 요청한 지문."

"고생하셨어요."

"보니까 장문(掌紋)^{손바닥의 피부능선}은 찾아볼 수 없더라. 보통 손잡이 없는 컵을 잡을 땐 감싸 쥐는데 말이야. 고의적으로 손끝만 닿게 한 것 같아."

태열이 말없이 서류를 넘겨보았다. 얼마 전에 전화로 다툰 일도 있고, 좌천시킨 죗값(?)때문인지 나름 열심히 조사한 흔적이 역력했다.

"야, 그런데 요즘 대체 무슨 일을 하고 다니는 거야? 누구 찾길래 그래?"

"알려고 하지 마십시오. 골치 아픕니다." 태열이 서류에서 눈을 떼지 않고 대답했다. "그런데 이게 뭡니까? 없는 사람이라니?"

"쓰여 있는 그대로야. 정밀 감식 결과 AFIS에서는 없는 지문으로 나왔어."

이 경정이 쭉 빨아들이던 빨대를 내려놓고 낮게 말했다.

"그럴 리가 없어요. 착오가 있던 건 아니고요?"

"만인부동 종생불변."

"만인의 지문은 서로 다르고, 평생 변하지 않는다?"

"맞아. 보면 알겠지만 지문의 중앙 부분이 한 바퀴 이상 고리 모양으로 그려지지? 와상문이야. 심지어 좌중지와 좌검지는 흐릿하기까지 해. 왼손잡이라서 그럴 수도 있고 일부러 지웠을 수도 있고. 여하튼 좀 특이하더라고. 혹시 몰라서 범죄혐의가 있을 거라는 전제하에 수배범들의 지문하고도 비교를 해봤는데 역시나 찾을 수 없었어. 내부 전산망에서도 전혀 데이터베이스를 찾아볼 수 없다는 게 무슨 뜻이겠냐? 대한민국에 아예 존재하지 않는 사람이다 이거지."

그러면서 이 경정은 의자를 끌어당겨 앉으며 계속 말했다.

"우리나라에 공항과 항구를 통해 들어온 외국인들의 지문 정보를 법무부에서 우리한테로 가져온 지 근 10년이야. 혹시 몰라서 그 10년 치 자료 다 뒤져봤거든? 만 17세 이상으로?"

"그랬더니요?"

"역시 없었어."

"말도 안 돼. 귀신이야 뭐야."

태열이 어처구니없다는 듯이 실소를 터뜨렸다. 그러자 이 경정은 또 다른 서류를 슬쩍 내밀었다.

"이건 또 뭐예요?"

"2006년에 인천 강화군 교동면에서 한 남성이 흉기에 찔려 잔혹하게 살해당한 사건이 있었어. 그즈음에 동거하던 여자가 돌연 잠적하는 바람에 용의자를 특정하지 못했고, 결국 장기 미제로 남은 사건이지. 당시에 집안 곳곳에 묻어있는 지문하고는 비슷하더라. 확실히 신원 확보하려면 정식으로 수사해야 알겠지만. 일단 사진으로라도 확인해 보라고 뽑아왔어. 봐봐. 네가 찾는 사람이 맞는지. 그 동거하던 여자가 미용실에서 일했거든."

"미용실…?"

뒷장을 넘긴 태열의 손길이 무심결에 떨리고 있었다. 그리고 천천히 눈을 크게 떴다. 프린트된 자료는 2006년 당시에 해당 미용실이 블로그에 홍보를 목적으로 업로드 한 사진이었다. 당시 유행에 맞는 샤기컷과 앞머리가 일정한 여고생들의 모습. 그

리고 그 옆,

"......"

한 모퉁이에서 가위와 수건을 든 여자에게 시선이 머물렀다. 사진에 찍히는 걸 꺼리듯이 고개를 외로 꺾고 있는. 태열은 눈을 뗄 수 없었다.

"저기 너 말이야. 뭘 하는지 모르겠지만 안 보이는 데서 잘하는 것도 좋은데, 가급적이면 보이는데서 잘해라. 안 보이는 데서도 열심히 한다? 그건 말도 안 되는 거야. 세상에 그런 사람들이야 많지. 근데 너 그 사람들이 누군지 일일이 다 아냐? 모르지? 왠 줄 알아? 안 보이는 데서 했기 때문이야. 특히나 우리 경찰들은 많이 보여줘야 돼. 쇼. 에스. 에이치. 오. 더블류. 괜히 그릇된 공명심에 쓸데없이 힘 빼지 말라 이거야. 아무튼 넌 나한테 잘해야 돼. 이런 거까지 알아봐 주는 선배가 어디에 있어. 야, 듣고 있냐? 양태열?"

9

강화대교를 지나자 이윽고 작고 오밀조밀한 번화가가 드러났다. 작은 주민센터와 농협 하나로 마트가 나란히 자리한 허름한 상가건물 1층. 그중 맨 끝에 자리한 '그 미용실'에 도착했을 땐 오후 2시였다.

삼색등이 돌아가는 '달래 헤어'의 흰색 간판은 테두리가 누렇게 녹이 슬어 있었다. 가짜 영춘의 숨겨진 고용 이력이 묻혀 있는 곳이라는 생각이 들자 몸에 전율이 일었다. 태열은 한차례 헛기침을 한 뒤에 실례합니다, 하고 몸을 들이밀었다. 때늦은 점심을 먹고 있던 중이었는지 원장이 입가를 닦으며 안에서 재빨리 나왔다.

"어서 오세요."

안에서는 제육볶음 비슷한 냄새가 약품 냄새보다 더 풍겼다.

"커트하시려고요?"

"경찰입니다. 뭣 좀 여쭤보려고 왔는데요."

안을 둘러보며 말했다. 연식이 오래되어 보이는 세팅 기계와 가죽 곳곳이 벗겨진 미용 의자, 철지난 잡지, 한쪽에는 파마를 하고 열기구에 머리를 맡긴 채 꾸벅꾸벅 졸고 있는 노년의 여성 손님이 있었다.

태열이 준비해 간 그럴싸한 스토리를 끝까지 들은 원장이 말했다.

"여기서 일한 게 10년, 아니 15년도 더 됐죠, 아마? 그 후로는 나도 소식을 모르는걸요."

"이름 혹시 기억하십니까?"

"소용없을 거예요."

"왜죠?"

"처음 들어올 땐 김지혜라고 했는데, 알고 보니 가명이었어요. 도용한 신분증으로 와서 일했더라고요. 어쩐지 급여도 이체해 주려고 했는데… 무슨 빚쟁이에 쫓기고 있다나 뭐라나… 통장 압류되니까 그냥 현금으로 달라고 하더라고요. 그땐 저도 순진해서 그 말을 믿었죠. 지금 생각해 보면 이상해요. 아니 지가 무슨 지명수배범도 아니면서 뭐 하러…"

"가족관계나 대인관계는 어땠습니까?"

사전에 경찰증을 제시한 효과인지 원장은 묻지도 않은 것까지 술술 말했다.

"맞다! 가족까지는 모르겠고, 동거남이 있었어요. 식은 안 올리고 그냥 살림만 합쳤다나? 그밖에 대인관계는 글쎄요. 일할 때도 원체 자기 얘기를 안 했던 편이라."

"그만둔 이유는 뭡니까?"

"저야말로 묻고 싶어요. 왜 갑자기 사라졌는지. 받아야 될 월급도 안 받고. 나중에 올 줄 알고 봉투에 담아 두고 기다린 게 몇 년인데… 끝내 안 왔어요. 뭐 나야 좋지. 돈 굳었으니까."

그러면서 원장은 이미 꺼낼 말이면서 잠시 망설이는 척을 했다. 그리고 한층 목소리를 낮추면서 덧붙였다.

"그런데 있죠. 걔가 잠적할 무렵에 동거남이 흉기에 찔려 살해당한 채 발견됐거든요. 그래서 그때 경찰들 오고 난리도 아니었어요."

"경찰이 용의자로 그 여자를 지목했나 보군요?"

"그럴 수밖에 없죠. 솔직히 저도 의심이 가긴 해요. 어느 날은 출근해서 보니까 눈자위가 시퍼렇게 멍들어 있더라니까요 글쎄? 허구한 날 맞고 살았나 봐요. 그 얘길 했더니 경찰도 그 점을 의심했고요. 참, 시간이 약인가 보네요. 저도 이제 이런 얘기를 술술 하는 거 보면. 그땐 진짜 꺼림칙했는데."

"그 이후 소식은 모릅니까?"

"모르죠, 나야. 그런데 왜 그러세요? 걔 무슨 사고 쳤어요??"

그러면서 원장은 서둘러 손님의 의자 밑에 달린 펌프를 밟으며 높낮이를 조절했다.

두 번째로 들른 곳은 충남 태안에 위치한 어느 PCB 조립 공장이었다. 그나마 최근인 2015년에 근무한 곳. 그러나 기대와 달리 이력서나 그 인적 사항이 담긴 기록은 찾아볼 수 없었다. 역시나 도용한 신분증으로 입사한 데다 그마저도 아웃소싱을 통했기 때문이다.

"급여대장은 볼 수 없습니까?"

"아웃소싱으로 들어온 사람들한테는 월급날에 그쪽으로 일괄 지급합니다. 그럼 그쪽에서 각 노동자에게 지급하는 구조죠. 그런데 거기도 오래전에 폐업해서 아마 찾을 수 없을 거예요."

"아무리 인력소개소를 통해 들어왔다고 해도 도용한 신분증이었을 텐데, 급여 이체가 되던가요?"

"그때만 해도 주급으로 지급했으니까요."

"주급이요?"

"네. 워낙 급전 필요한 애들 위주로 들어와서 아웃소싱 쪽에서 주급으로 계산해서 바로바로 현금 지급했을 거예요. 업체 쪽에서 보면 가불인 셈이죠."

"왜 그렇게 지급하죠? 단지 돈이 부족해서?"

"그래야 인력 충당이 되니까요. 젊은 애들은 한 달 동안 끈질기게 일을 못 한다니까요. 지칠 만하면 그때 돈맛을 보여줘야 그나마 다니지."

그러면서 민감한 세금 문제이니 더 자세한 건 묻지 말아 달라- 우린 아는 바가 없으니 따질 거면 그 업체를 수소문하든지 해라- 식으로 일축해 버렸다.

"저… 전무님."

그때, 경리직원 하나가 문틈으로 고개를 내밀며 들어왔다.

"무슨 일이야?"

"이거… 옛날 직원들 명찰인데…"

가끔 생산실에 들어가 보조를 겸한다는 경리직원은 꼬질꼬질한 팔 토시를 길게 내밀었다. 안 쓰는 사물함 한 칸을 창고 삼아 방치해두고 있는데, 그 안을 뒤져서 찾아온 것이란다.

"오, 그래. 이거라도 보시겠어요?"

태열은 전무에게 건네받은 명찰 속 사진을 가만히 바라보았다. 김지혜라는 이름을 사용한… 가짜 영춘! 그녀였다. 지금보다 더 젊은 나이였음에도 서늘하리만큼 무표정에 어딘가 위태한 분위기를 풍겼다. 고전적인 미인 스타일은 물론 아니다. 어쩌면 그래서 남자들이 이 여자에게 목을 매면서도 그 이유를 찾지 못해 전전긍긍했을지도 모른다. 태열은 문득 이런 생각이 들었다. 30대의 그녀를 만났더라면 과연 빠지지 않을 자신이 있었을까, 하고. 어쩌면 성적 매력이 사그라진 40대의 그녀를 만난 건 그나마 다행은 아니었을까, 하고.

"이 언니, 기억나요."

경리가 조심스레 말을 꺼냈다.

"어떤 기억이요?"

"되게 똑똑했어요."

"예를 들면?"

"우린 따로 전산 프로그램을 쓰지 않아요. 사장님이 워낙 옛날 분이시라 모든지 수기 장부. 그런데 잠깐 협력업체에 가서 상주할 일이 있었어요. 그때, 그 회사에서 뭐더라…? 쌉…? 에스…피였나…?"

"쌉! sap. ERP 프로그램의 한 종류일 겁니다. 그런데 그게 어쨌다는 거죠?"

태열이 대답했다. 그 프로그램은 주로 대기업이나 2차 협력회사, 아니면 어느 정도 규모가 잡힌 IT업체에서 종종 쓰인다.

"그런데 그 언니가 그걸 막 다루는 거예요! 그러면서 하는 소리가, 독일에서 만든 프로그램인데 그걸로 연결 회계가 어떻고, 원장 리스트가 어떻고… 막 그러는데 진짜 놀랐다니까요. 솔직히… 생산직 아르바이트로 와서 갑자기 그러니까… 말들이 많았어요. 원래는 대졸자인데 취업하기 전에 잠깐 다니는 거다, 남편이 사업하는 부자인데 전업주부로 있기 뭐해서 그냥 소일거리로 일한다 등등. 그런데 소문 다 아니었어요. 그래도 뭐 워낙 능력 있으니까… 벨트에서 일하다가도 사무실에서 문제 생기면 다들 그 언니부터 찾았어요. 워낙 똑똑해서."

"그런데 왜 그만두었는지 아시나요?"

"2019년엔가? 2020년엔가? 제주도로 간댔어요. 들리는 소문엔… 돈 많은 남자랑 결혼도 했대요."

"사실이에요?"

"모르죠. 그런데 솔직히 그런 소문이 돈 게 언니가 퇴직금도 안 받고 갔거든요. 그 후론 번호를 바꿔서 몰라요."

"퇴직금을 안 받아요? 왜요?"

"모르죠. 뭐가 급한지….”

경리가 입술을 삐죽이며 말했다.

겹겹이 베일에 싸인 그녀의 정보는 너무나 산발적이었다. 미용실 견습 사원, 사무 능력이 탁월한 공장 생산직 직원, 그리고 최근에는 작은 시골 마을의 재단 실장까지… 흩어진 정보들을 한데 모아 유기적으로 연결할 필요가 있었다.

자, 처음부터 하나하나 짚어보자. 그녀는 수시로 다르게 바르는 매니큐어처럼 남자를 입맛에 맞게 갈아치우는 여자, 한 곳에서 오래 일한 적도, 한 가지 일에만 매진한 적도 없는 여자, 언제 어디서나 카멜레온처럼 변하는 여자다. 이 얼마나 다양한 자기 연출인가. 그러면서 시시각각 누군가에게 쫓기는 듯한 찝찝한 행보를 보였다. 물론 이 모든 것이 사실인지 알 길이 없다. 확실한 것은 소문조차 결코 평범하지 않은 그녀는 거짓, 기만, 배신의 그랜드슬램을 달성한 천부적인 쌍년이라는 사실이다.

그럼에도 한 가지 의문이 가시지 않았다. 아무리 사기 능력을 타고 났어도 과연 성인 세 사람을 완벽하게 따돌리고 돈가방을 탈취하는 게 가능한 일일까? 그 여리고 가녀린 체구의 여자가? 술 때문만은 아니다. 그녀도 그 자리에서 함께 술을 마셨으니까. 태열이 두 눈으로 똑똑히 봤으며, 심지어 환국도 자신이 건넨 폭

탄주를 단숨에 마시던 그녀의 모습을 몇 차례 목격했다고 했다. 단순히 알코올 분해 능력이 뛰어났다는 말로는 설명이 안 된다.

그 의문을 해결하기 위해 늦은 밤에 세 번째 장소, 약국을 찾았다.

태열은 안주머니에서 약 포지를 꺼내놓으며 다짜고짜 물었다.

"이 약이 무슨 약입니까?"

가짜 영춘이 돈을 들고 감쪽같이 사라지던 날 아침, 환국이 객실 바닥에서 주운 것이었다. 약사가 뜬금없는 질문과 범상치 않은 인상에 잠시 머뭇거리는 모습을 보이자 다시 물었다.

"이게 저… 혼자 사는 제 동생이 먹던 약인데. 걱정이 되어서요. 무슨 약인지 알고 싶습니다."

"잠시만요."

약사는 한쪽에 마련된 파티션으로 들어가더니 잠시 후, 모습을 드러냈다. 그리고 우려스러운 얼굴로 대답했다.

"아티반정 1밀리그램이고요. 이건… 티아민염산염정 10밀리그램이에요. 혹시… 알코올 중독이신가요?"

"네??"

"이 약은 알코올 중독과 우울증에 걸린 환자가 먹는 약이에요."

이건 또 무슨 소리란 말인가? 너무나 뜬금없는 소리에 태열이 다시 물었다.

"혹시 그냥 구입은 안 되는 약인가요? 꼭 의사 처방을 받아야만?"

"네. 그리고 이건 주로 알코올 병동 환자들에게 투여되는 약이죠…."

알코올 병동.

그제야 알 것 같았다. 가짜 영춘이 세 사람의 주의와 감시를 완벽하게 따돌릴 수 있었던 이유를. 바로 재단 이사장을 이용했기에 가능했던 것이다.

그리고 이사장을 만나기 위해 이튿날 오후, 근무를 마치고 마지막 장소인 도립 ○○정신전문병원으로 향했다. 알코올 병동은 따로 별관에 자리했고, 그중에서도 남녀로 층수가 나뉘어져 있었다. 이사장이 입원해 있는 병실은 맨 꼭대기. 엘리베이터에서 내리자마자 눈앞에 감옥을 연상케 하는 쇠창살이 일행을 반겼다.

철컹-

1층에서 동행한 남자 간호사가 문을 열며 말했다.

"저쪽 면회실에서 대기하시면 곧 환자분 모셔 오겠습니다."

그러면서 안내 사항을 전달받은 병동 간호사가 일행을 면회실로 안내했다. 면회인은 아내인 최영춘과 태열, 환국 이렇게 세 사람.

이윽고 재단의 이사장이 들어왔다. 왕년의 호색한, 향락에 빠진 금수저의 모습은 어디 가고 눈앞에는 이빨 빠진 정도가 아니라 임종을 앞둔 늙은 호랑이가 서 있었다.

단 며칠의 입원이었을 뿐인데도 그는 피골이 상접했고, 눈은 퀭했으며, 어딘가 흐리멍덩한 느낌을 풍기고 있어 본래 나이보다 훨씬 나이 들어 보였다.

"이 여자. 혹시 기억나십니까?"

태열이 내민 사진을 물끄러미 보던 그가 처음으로 환한 웃음을 띠며 사진을 매만졌다.

"이뻐."

"만난 적이 있습니까?"

"이뻐."

"아이, 행님. 이 가시내 본 적 있십니까 없십니까? 딱 대답만 하이소!"

환국이 다그쳐도 연신 '이뻐'만 중얼거렸다.

"아, 증신뱅원은 이래 문제라니까. 냅다 약만 믹이고 재워뿌면 끝이야?!"

"여보. 이 여자를 본 적이 있어요? 근래에 언제 봤어요? 잘 생각하고 대답해 보세요."

최영춘이 환국을 제끼고 앞으로 나서며 말했다. 그러자, 한참 후에 고개를 끄덕이며 대답했다.

"도시락도 주고. 아주 이뻐. 나한테 차암 잘한다 아이가."

"그렇군요."

그러나 놀랍게도 그 여자가 자신을 사칭한 것으로 모자라 남편을 강제 입원까지 시켰다는 사실이 딱히 최영춘에게 어떤 자극도 가져다주지 않는 모양이었다. 이미 늙고 병들고 쓸모없는 남편은 이성적인 존재이기는커녕 거추장한 (법적)가족에 불과할 뿐일 테니까.

"가슴… 히히."

이사장은 별안간 허공에 대고 두 손을 둥글게 오므리더니 추잡한 미소를 지었다.

"가슴?"

"먼 가슴 말입니꺼? 행님. 혹시 그 여자가 지 젖, 아니.. 지 가슴 만지라켔어요??"

"응. 내 으사슨생임한테 약 쫌 달라카면 그럼 만질 수 있어."

"와… 행님 그기 머라고 그기에 넘어갑니까? 거 밖에 나가면 널리고 널린 거!"

환국은 이사장이면서 동시에 사촌 형인 그를 한심하다는 듯이 보다가도 어딘가 찜찜한 구석이 떠올랐다. 분명 잘 생각해 보면, 가짜 영춘에 대해 의심까지는 아니더라도 의문을 품은 계기는 있었다. 가령, 형님과 골프를 쳤다는 이야기를 아무렇게나 지어냈을 때처럼 말이다. 하지만 형님은 골프를 칠 줄 모를뿐더러, 오히려 따분한 스포츠라고 여기는 인물이다. 그러나 그러한 의문점은 가짜 영춘이 교통사고 이후에 환국을 비호하고 대신 전면에 나섬으로써 일시적으로나마 해소되는 결말을 가져왔다.

"이뻐…."

면회실을 나가면서까지 그는 같은 말을 되풀이했다.

병원에서는 입원 환자에게 하루 세 끼 독한 약을 먹인다. 그

약은 멀쩡한 사람도 졸음에 겨워 활기를 잃게 만들고 한없이 가라앉게 한다. 그런데 심지어 이사장은 진단 결과 평소 경미한 알코올성 치매까지 앓고 있었다고 하니 판단력이 흐려지고 본능만 남는 것은 당연지사. 가짜 영춘은 자기가 원하는 약을 손에 넣기 위해 자기 자신을 판 것이다.

＊ ＊ ＊

늦은 밤.

파출소로 다시 돌아온 태열은 대뜸 '그날'의 CCTV 영상을 다시 뒤지기 시작했다.

"아! 그거 이미 종결된 거 아닙니까?"

거울 앞에서 양치질을 하던 김 순경이 의아한 얼굴로 물었다.

"……"

"화질 때문에 차 넘버 안 보일 텐데요?"

"……"

"아, 거기 아닌데. 앞으로 빨리 감기해서 보시면 될 겁니다."

김 순경이 여러 차례 말을 걸어왔지만, 지금 이런 상황에서 그런 것 따위 안중에도 없다고 소리라도 지르고 싶은 심정이었다.

처음부터 차근차근 다시 되짚어 보는 거다. 어디서부터 뭐가 잘못되었는지. 과연 가짜 영춘이 어디서부터 관여되었는지. 그리고 우연인지 필연인지. 싹 훑어보는 것이다.

1. 수희, 수근 남매를 집에 바래다준 후에 김 순경에게 급히 전화를 걸어 파
   출소에 붙잡혀온 불법체류자들과 브로커를 즉각 호송차에 실어 보내도록
   지시했다.
2. 그러나 파출소에 도착했을 즈음, 간발의 차이로 그들은 검은 SUV를 타
   고 달아났다.
3. 그들을 쫓는 추격전이 벌어졌다.

화면을 천천히 살피던 태열은 어느 부분에서 일시 정지를 눌
렀다. 흑백의 낮은 화질 속 어느 장면은 파출소에서 도로를 전면
으로 바라본 방향이었다. 도주하는 검은색 SUV의 뒤를 쫓는 싸
이카가 지나고 난 후의 장면이었다. 그 장면을 확대하자 도로는
물론 인도에도 인적이 없었다. 지난겨울에 꺼내놓은 호빵 찜기
를 들여놓지 않은 뿌연 유리창의 편의점, 그 옆으로는 공인중개
사 사무실, 그 별것 없이 지루한 화면에서 작은 티끌이라도 잡아
보겠다는 심정으로 화면을 더욱 확대했다. 다만 한 가지,
그 건물 2층.
임대 놓은 빈 공실.
회녹색 커튼.
잠시 뭐에 홀린 듯 화면에서 눈을 떼지 못하던 태열은 이번엔
해안가 쪽 단속 카메라의 녹화영상을 띄웠다. 시간을 되돌릴 필

요가 있었던 것이다.

1. 그날 새벽 4시. 잠에서 깬 태열은 조깅을 하기 위해 해안가로 향했다.
2. 그리고 이 경정과 전화로 다투던 도중, 밀항선을 발견. 이후 불법체류자 여성 3명과 브로커가 탄 차량을 뒤쫓았다.
3. 그리고 붙잡은 다음에 그들을 파출소로 연행했다.

밀항선을 발견한 그 시간대의 화면을 천천히 재생시켰다. 모서리에 도로 쪽이 잡혔다. 이따금 주민 한두 명이 갓길로 지나가는 것 빼고는 특이점을 발견할 수 없었다. 턱을 괴고 유심히 봐도 소득이 없을 것 같아 결국 창을 닫고 자리에서 일어나려는데,

"!!!"

태열은 다시 해안가 쪽의 녹화영상을 띄웠다. 그리고 자신이 등장하는 모습을 재생과 되감기, 일시 정지를 눌러가면서 확인하던 중, 저만치서 무언가를 포착했다. 왕복 2차선 도로의 갓길에 태열과 마찬가지로 조깅하는 누군가가 있었던 것이다. 역시나 흐릿해서 제대로 분간하기 어려웠지만 뭔가 이상했다.

첫 번째. 누가 조깅을 저렇게 하나? 편도로 쭉 가도 30여분이 넘는다. 그런데 화면 속 인물은 5분에 한 번씩 방향을 바꾼다. 새벽 3시 57분경에 해안가 쪽을 뛰더니, 새벽 4시 2분경에는 옹벽 쪽으로, 4시 8분경에는 다시 해안가 쪽으로 뛰고 있다는 사실이다. 어째서 그곳을 떠나지 않는 걸까?

두 번째. 조깅을 한다기보다 걷는 편에 가까웠다. 그리고 정면이 아니라 자꾸 해안 쪽을 주시하고 있다. 마치 그 새벽에 나온 이유가 운동이 아닌 다른 이유가 있는 것처럼.

세 번째. 결코 원주민이 아니다. 그대로 쭉 가면 조깅 로드가 나온다. 그런데 화면 속 인물은 자리를 벗어나지 않는다. 저곳은 태열도 겪었다시피 족저근막염 통증을 가져올 만큼 발이 아픈 비포장 길이다. 그런데 저곳을 계속해서 왔다갔다 한다? 원주민이라면 기껏 운동복을 차려입고 절대 하지 않을 행위다.

마지막 네 번째. 경찰대학교 법의학 시간, 수사기법에 대해 배운 내용 중 '법보행 분석'에 대해 안 짚고 넘어갈 수가 없다. 그때 지문만큼은 아니더라도 걷는 패턴은 사람마다 고유성을 갖는다고 배웠다. 당시에 교수님은 이렇게 말씀하셨다. 걸음걸이는 자신을 드러내는 일종의 '자백'이라고. 그렇다면 화면 속 저 인물은 무슨 자백을 하고 있나? 바로 걸음걸이가 아주 평범하다는 자백이다. 다시 말해서, 노인들에게서 흔히 볼 수 있는 내반슬 보행(오다리 걸음)이나 주로 남자들에게서 볼 수 있는 외족지 보행(팔자걸음)을 하지 않는다는 것이다. 다소 일반화일 수 있겠지만, 이것만 보고 정리한다면 저 인물은 노인도 남자도 아니다. 아직은 건강한 성인 여자다.

정리해 보면 이렇다. 새벽 4시에 조깅은 뒷전이고 해안가를 주시하는데 여념이 없는 외지에서 온 건강한 성인 여자.

"설마…"

태열은 떨리는 손으로 이번엔 파출소에서 도로를 전면으로 바라본 아까 그 녹화 영상을 띄웠다. 그리고 맞은 편 건물 2층 회녹색 커튼 부분을 확대했다. 뒤에 누군가 가려져 있다! 그 인물의 모습을 크게 확대해서 조깅을 하던 인물과 나란히 비교해 보자,

동일인물이다!

가짜 영춘이다! 틀림없는 그녀가 맞다!

태열은 입을 떡 벌린 채 의자 뒤로 상체를 고꾸라뜨렸다. 분명히 도로에서 사고가 났을 때 나타났던 가짜 영춘이 그로부터 훨씬 전인 새벽에 이미 밀항선의 존재를 알았다? 그다음엔 파출소 앞까지 찾아왔다? 그것도 음흉하게 맞은편 건물에서 내려다보면서? 답은 하나다. 줄곧 태열의 행적을 뒤쫓았다는 뜻이 된다.

왜? 어째서? 무엇 때문에??

앉아있는 그대로 천장 어디께를 응시하며 눈꺼풀에 힘을 빼고 반쯤 감았다. 생각을 해보자.

1

2006년.

인천 강화군 교동면 미용실에서 근무.

2

2015년.

충남 태안 PCB 조립 공장에서 근무.

3

2025년.

제주도 최영춘 자택의 입주 가정도우미로 근무하던 중 가출.

퍼뜩 눈을 뜬 태열은 콧김을 내뿜으며 실소를 터뜨렸다.

"하하! 그런 거였어…?"

"네?"

옆에서 머리를 잔뜩 숙이고 일지를 쓰던 김 순경이 눈을 동그랗게 뜨고 물었다.

태열이 별다른 반응 없이 턱을 괴고 다시 생각에 잠겼다. 인천 강화군 교동면, 충남 태안, 제주도의 공통점을 찾은 것이다. 그것은 바로, 중국 어선들이 불법 조업이 가능한 곳들이라는 것. 그리고,

1

미용실.

"받아야 될 월급도 안 받고.

나중에 올 줄 알고 봉투에 담아 두고 기다린 게 몇 년인데…

끝내 안 왔어요. 뭐 나야 좋지. 돈 굳었으니까."

2

공장.

"언니가 퇴직금도 안 받고 갔거든요.

그 후론 번호를 바꿔서 몰라요."

3
최영춘의 자택.
"그만둘 때 퇴직금 지급을 조건으로 채용했죠.
그런데 그걸 마다하고 고작 내 지갑에서
100만원을 훔쳐 갔더군요."

두 번째 공통점은 바로 돈에 연연하지 않는다는 것이다. 가짜 영춘은 크다면 크고 작다면 작은 퇴직금 따위는 안중에도 없이 쥐도 새도 모르게 사라지곤 했다. 왜일까? 바로 더 큰 돈이 기다리고 있기 때문이다. 때문에 퇴직금이라는 푼돈을 받겠다고 번거로운 상황에 처하기 싫었을 수 있다. 그렇다. 그녀는 처음부터 마약 밀매 조직원이었다.

온몸에 강한 전류가 흘렀다. 이제야 이해됐다. 모든 게 처음부터 끝까지 **그녀의 계획**이었던 것이다. 조깅을 빙자해서 해안가를 맴돈 건 마약 운반책이 타고 있는 밀항선을 기다리기 위함. 다만 그녀가 몰랐던 것이 있다면, 하필 그 배에서 불법 인력을 공급받기 위해 환국도 함께 기다렸다는 사실일 것이다.

'밀항선 하나에 두 명의 사냥꾼…!'

설상가상 그녀의 계획에 재를 뿌린 이까지 생겼으니 그건 바로 그날 아침 조깅을 하던 (하필 경찰인)태열 자신이었을 것이다. 이렇듯 예상치 못한 악재가 이중으로 덮쳤으니 그녀는 마약을 손에 넣기 위해 작전을 바꾼 것이다. 대범하게도 그 작전명은 **공범 만들기**. 그리고 목적을 달성한 뒤에는 과감한 **폐기**.

> "스파이크 피트Spike Pit라고도 하죠.
> 구덩이를 판 다음 날카로운 창을 박아 놓고
> 적이 떨어지기를 유도하는 장치.
> 일종의 덫이죠.
> 그간 무슨 일이 있었는지 모르겠지만
> 제가 보기엔 당신들도… 당한 것 같네요.
> 명심하세요.
> 그 여잔 자기에게 방해가 되는 요소들을
> 그런 식으로 제거한답니다.
> 제 손에 피 한 방울 묻히지 않고."

교통사고 당시는 또 어땠나. 아비규환이 되어버린 현장에 나타나 모두를 진정시키고 진두지휘하던 가짜 영춘의 모습. 결코 시동생이 경찰 조사를 받을까 우려하는 평범한 형수의 모습이 아니었다. 사실 그것은 자신의 밥그릇을 찾기 위해 득달같이 달려온 암캐의 모습이었고, 더 나아가 구덩이 아래 떨어진 방해물들이 어떻게 창에 찔려 있는지, 그중에 쓸 만 한 놈은 혹시 없는지 살펴보던 오만함 그 자체였다.

단순한 사기꾼이 아니다. 치밀하게 계산된 악당이다.

"커피라도 타 드릴까요?" 김 순경이 조심스레 말을 걸어왔다. "소장님…?"

태열은 길게 복식호흡을 하며 머리 뒤로 두 팔을 올리고 상체를 한껏 뒤로 젖혔다. 그리고 눈을 감았다.

어렸을 때 동네 아이와 싸우고 오면 부모님은 가정불화의 원인이던 성격 차이답게 대처 방법도 뚜렷이 달랐다. 어머니는 될 수 있으면 싸움을 피하라고 지는 게 이기는 것이라고 가르치셨고, 거기에 대해 아버지는 코웃음을 치며 이렇게 말씀하셨다. 또다시 그 아이를 보거든 눈에 후추를 뿌려 버리라고. 어머니께는 죄송하지만, 두 교육 중에서 실전에서 효과가 있는 것은 단연 아버지의 것이었다. 후추를 뿌린다- 다신 못 덤비게-

"응. 타 줘. 진하게."

그 불공정한 그림에 화끈하게 대응할 차례라고 태열은 생각했다.

10

- 여보세요.

- 뭐해, 아시아나.

- 누구세요?

- 경찰.

- 경찰…?

- 왜 이래? 우리 같이 하룻밤도 보냈잖아.

- 뭐, 뭐?? 하룻밤?

간단한 보안 검색을 지난 서현은 서둘러 출입구를 빠져나오면서 주변을 살핀 후, 더 큰 목소리로 내질렀다.

- 병신새끼 뭐라는 거야?! 누가 너랑 잤다는 거야!

- 아아, 미안. 넷이서 잤다. 아, 그것도 아니네. 중간에 그년이 튀었으니 셋.

- 후… 돈 들고 튄 건 그 아줌만데 왜 나한테 전화질이야? 내가 빼돌렸어?

– 대화 좀 하자. 너 지금 어디야?

– 한국 뜨는 중이다 왜?

– 뭐?! 넌 또 왜?!

– 왜긴 왜야. 끊어. 나 일해야 돼.

때마침 다음 편 비행기 탑승에 대한 안내방송이 흘러나왔다.

– 너 10억 받았다고 이렇게 나오기야? 그깟 10억 누구 코에 붙이냐? 취득세 내고 중개료 내면 얼마 남는데? 네 월급 가지고는 한 달 관리비도 부담될걸? 내 말이 맞지?

– 그러는 아저씬 1억도 못 받았잖아. 공무원이 누굴 걱정하는 거야, 지금?

– 그러게 말이다. 그래서 지금부터 챙기려고. 악착같이. 너한테도 이득일걸.

– … 어쩌게? 빨리 말해. 시간 없어. 나 곧 비행기 탄단 말이야.

– 우리 그년 잡자.

– 그 아줌마 사기꾼이었어?

– 일찍도 알아챈다.

– 무슨 수로 잡게?

– 너만 도와주면 잡을 수 있어. 너도 0 하나 더 붙여서 100억은 받게 해줄 테니까 나 좀 도와줘.

– 정말이야?

– 그래 잡을 수 있어.

– 아니, 나 100억 받을 수 있냐고.

– 당연하지. 내가 약속할게.

– 좋아. 근데 맘이 바뀌었어. 200억은 받아야 될 것 같아.

– 지금 몇 초 사이에 100억이 껑충 뛰냐? 너 너무 허파에 바람 든 거 아니냐?

– 아저씨도 하루 온종일 고도 7000미터 상공에서 일해 봐. 강풍이 드나들지 않고 배기나.

– 어쨌든 일 끝나고 연락해. 만나자.

– 지금 만나지 뭐.

– 비행기 탄다며?

– 뻥이었어. 내려서 가는 중이었어.

– 가지가지 한다. 지금 주소 찍어 보낼게. 빨리 튀어와. 택시비는 걱정 말고.

– 알았어.

* * *

"일주일밖에 안 됐는데 되게 오랜만에 보는 것 같네요. 다들 안녕… 하지 못했겠다."

서현이 맞은편에 앉으며 말했다. 일을 마치고 돌아오는 길이라면서 머리부터 발끝까지 달라져 있었다. 하얗고 작은 얼굴은 깐 달걀처럼 매끄러웠고, 웃을 때 보이는 여덟 개의 치아는 CF

모델이라 해도 손색이 없을 만큼 골랐다. 그러고 보니 화장도 고친 것 같았다. 이래서 승무원은 아무나 하는 게 아닌가 보다.

"이야- 유니폼 쥑이네."

환국이 땅콩을 입에 던져 넣으며 말했다. 서현은 자신을 위아래로 훑어 내리는 끈적한 눈길을 경멸스럽게 바라보며 일부러 그 가운데에 태열을 두고 앉았다.

"뭐 마실래?"

태열이 물었다.

"나도 그냥 시원한 맥주."

캐리어를 끄느라 아팠던 팔을 털며 대답했다.

세 사람은 가볍게 잔을 부딪친 뒤 맥주로 목을 축였다. 약간의 정적 속에서 앞으로 새롭게 짜일 판에 대한 결의와 패자의 초라함이 뒤섞여 흘렀다.

.

.

.

"마약쟁이었다고?!!"

태열이 알아낸 정보를 모두 들은 서현이 사레들린 목소리로 되물었다.

"정확히는 마약 브로커." 태열이 그릇 안에 담긴 땅콩 몇 알을 꺼냈다. 그리고 가짜 영춘의 행보를 시간 순서에 입각해서 설명했다. "강화, 태안, 제주 이렇게 세 군데는 모두 중국발 마약 밀거래 루트에 빠지지 않는 곳들이야."

서현은 수긍하는 듯한 표정을 지었다. 그러다가 돌연 고개를 갸우뚱하며 물었다.

"그런데 그동안 경찰에 안 들켰대?"

"응. 수사망을 피하기 위해 그때마다 적당한 직업을 연막으로 삼았거든. 아무도 눈치채지 못하게."

"아하! 간첩 같은 거네."

"좋은 비유야."

그러면서 마지막 세 번째 땅콩을 가리키며 말했다.

"그렇게 해서 본격적으로 밀거래 활동을 한 게 제주도에서였어. 그곳에서도 역시 신분을 감추기 위해 평범한 입주 가정도우미로 살았고. 그런데 최영춘의 말에 따르면 거기서도 말썽을 부리게 돼서 어느 날 갑자기 집을 나갔대. 그녀는 괜한 좀도둑질로 경찰조사를 받게 되는 것이 두려워서라고 단정했지만, 내가 보기엔 잘못 짚었어."

"그럼? 진짜 이유가 뭔데?"

"제주도로 근거지를 옮겨 생활했을 당시, 그년은 이미 조직원으로서 꽤 탄탄한 네트워크와 정보력을 가졌을 거야. 그럼에도 실세가 되지는 못했지. 그저 밀반입 과정에 투입되는 한낱 말단 조직원에 불과했을 거야. 그 점이 그년의 성미로 봐선 못 견딜 만큼 억울하고 자존심 상했을걸. 시발 내가 십수 년을 시다바리 짓을 했는데 아직도 날 못 믿고 밑바닥에서 굴려? 하고 말이야. 그러다가 최영춘과 갈등을 빚어 관계가 틀어졌을 즈음, 때맞춰 대박 정보를 입수했을 가능성이 커. 가령, 이런 거지. 중국에서 경상도 라인으로 들어오는 밀항선 안에 총책 대행이 타고 있다 - 그리고 경험에 비추어 총책 대행의 인물은 걸어 다니는 돈이다 - 라는 걸 이미 꿰뚫어 알고 있었던 거야."

순간 서늘한 기운에 소름이 끼치는지 서현이 팔뚝을 비볐다. 한편, 환국이 태열의 팔을 붙들고 다급한 얼굴로 물었다.

"잠, 잠깐! 양 소장. 그때 교통사고로 죽은 그 가시내 말하는 거제? 걔는 그저 그런 운반책 아니야? 총책 대행은 어서 나온 스토린데?"

그러자 태열이 귀찮다는 듯이 환국의 손길을 뿌리치며 대답했다.

"그저 그런 운반책은 우리를 등쳐먹은 그년을 두고 하는 말이고. 죽은 여자는 대행이면서 동시에 총책의 측근이었을 것이 분명해. 무려 천억 어치야. 그 큰돈을 만지는 일에 아무나 보냈겠어? 당연히 가까운 사람을 보내지."

"슬마 마, 마누라?"

"아마도."

그러자 환국이 소스라치게 놀라며 자리에서 벌떡 일어났다.

"아마도 같은 소리하고 자빠졌네! 우리 지금 좆 됐는데 아마도오?! 와! 환장하겠네!"

"또는 애 낳고 사는 동거녀일 수도 있고. 세컨 같은 거 말이야."

"시발 그게 그거잖아! 야, 딸이나 누나, 여동생일 순 없을까?!"

다시 매달리듯 간절한 얼굴로 환국이 물었다.

"그럴 수도 있는데. 보통 그렇게 목숨을 걸 위험한 곳에 피붙이를 보내진 않지."

"와, 우린 뒤졌다!"

"아니지. 뒤진 건 그년이지. 자신이 몸담고 있는 지하 조직에서 하극상을 벌인 걸로 모자라 등에 칼을 꽂은 거잖아. 죗값은 그년이 치를 거야. 우리는 돈만 찾으면 돼."

"잠깐만." 잠자코 듣고 있던 서현이 뭔가 석연치 않은 표정으로 물었다. "그럼 그냥 와서 밀항선에서 내리는 총책의 대행인지 뭔지를 뒤쫓으면 될걸. 뭐 하러 일찍 와서 재단 실장인 척을 했을까?"

"폐쇄적인 곳이거든. 마을 주민 수가 3천명도 되지 않아. 위키백과엔 3,370명이라고 되어 있는데, 그건 5년 전 집계고 현재는 그보다 더 적어. 이 좁은 마을에서 아무런 의심 받지 않고 머물면서 자연스럽게 자신의 계획을 실행에 옮기기 위함이었겠지."

"그래서? 인제 우짤 생각인데? 존 생각이라도 있나?"

환국이 바지춤을 끌어올리는 시늉을 하며 입맛을 다셨다. 태열은 서현의 빈 잔에 마저 맥주를 따른 뒤 슬쩍 앞으로 밀며 말했다.

"그년을 처음 만난 게 비행기 안이었다고 했지? 그럼 승객 정보를 알 수 있을 텐데?"

"그걸 내가 어떻게 알아?!"

서현은 고작 생각해 낸 게 그것이었냐는 얼굴로 반문했다.

"승무원이 그런 것도 몰라?"

"항공사 데이터베이스에 접속해야 알 수 있어, 그런 건. 아무나 확인할 수 있는 부분이 아니라고."

"승무원이 아무나야?"

"기내승무원이라도 방법 없어. 개인정보 보호 규정 때문에."

"그럼 기내승무원은 어디까지 알 수 있는데?"

"기껏해야 좌석 정보, 기내서비스를 뭘 신청했는지, 보안에 문제 일으킨 적이 있는 고객인지 아닌지 등등. 뭐 그 정도?"

"기내서비스라면?"

"별거 없어. 따로 요청한 기내식 내용이라든지 휠체어 사용 유무나 유아 동반 여부 이런 거 말이야."

"정말 다 별거 없는 것들이네. 그럼 이름이나 전화번호 같은 건?"

서현이 어깨를 으쓱했다.

"돌겠군. 예외는 없을까?"

"있지. 갑자기 쓰러져서 위급상황이 필요할 때. 의료기록을 공유해야 하니까 신원확인이 당연히 필요하지. 와인 몇 잔에 취해서 난동을 피운다거나 하는 경우도 마찬가지야. 경찰에 신고해야 하니까."

"그게 다야?"

"다야."

"내가 알기론 이름과 직업까지 알 수 있다고 들었어. 승무원이라는 거 거짓말 아니야?"

"그럼 이 유니폼은 뭔데? 이 나이에 코스프레 하려고 이러겠냐?"

"나야 모르지."

"지랄."

"말해봐 그럼. 알아듣기 쉽게."

"이름이나 직업 등등 알 수 있는 건 비즈니스석에 관해서야. 그런데, 그 아줌만 이코노미석에 탔어. 다 계산된 행위였다고. 그러니까 아저씨야말로 비즈니스석 못 타 본 티 좀 내지 말아줄래? 하긴 타봤어야 알지."

그러면서 가짜 영춘이 이코노미석에서 얼마나 진상을 부렸는지에 대해 얘기하며 몸서리를 쳤다.

"… 정말 방법 없겠어?"

"없진 않아."

서현이 새침하게 등과 어깨를 꼿꼿하게 펴며 말했다.

"뭔데?"

"맨입으론 안 돼. 자, 지금부턴 내가 제안할게. 받아들일지 말진 알아서 결정해. 돈가방을 찾으면 무조건 n분 할 것."

"200억이면 충분하다고 하지 않았나?"

"짜증나. 그 아줌마나 아저씨나 다들 왜 그래? 나 같은 고급 인력이 아니었으면 마약도 못 찾았을 거고, 승객 정보 근처에 얼씬도 못 할 거면서 왜 그렇게 나를 하대해? 나 누군지 몰라? 나

하늘의 꽃이야!"

푸! 하고 환국이 술을 뱉으며 추하게 웃어 재꼈다.

"이 아저씨들 정말 안 되겠네. 꽃으로 한 번 멍들도록 맞아 볼래?"

"돈을 찾기만 한다면 나누는 건 문제없어. 다만 200억도 차고 넘쳐 보여서 하는 말이야."

"괜씸죄야."

그녀에게선 처음 만났을 때와 마찬가지로 랑방 에끌라 향수가 풍겼지만, 달라진 점이 있다면 바로 어느새 가짜 영춘의 흉내를 내고 있다는 점이었다. 서현은 다리를 꼬더니 새 잔에 술을 따랐다. 적극적으로 참여할 의사를 표하는 것이다.

"좋아. 그렇게 하지."

"그럼 각서 써. 탈모 아저씨도 와서 쓰고. 아, 그 입 좀 닦고!"

＊＊＊

이튿날 저녁.

쏴아아-

갑자기 폭우가 쏟아져 내렸다. 엑스 자로 붙여둔 박스테이프가 무색하게 베란다 새시가 덜컹거리며 위태하게 흔들렸다. 거실 테이블 위에 올려둔 스마트 폰에서 쉴 새 없이 부재중 전화가 쏟아지는 가운데, 방 안에서는 요란한 게임 소리가 그치지 않았다.

어두운 방 안.

책상 한쪽엔 먹다 남은 짬뽕과 아무렇게 담긴 단무지 따위가, 그 옆에는 쓰지 않는 신용카드가 꽤나 높은 높이로 쌓여 있다. 자동차 게임에 최적화된 42인치 게이밍 모니터에서 뿜어내는 불빛에 환국의 얼굴만 하얗게 번뜩였다.

"비켜! 비켜! 비키라고 짜슥아! 안 들리나!"

F1(포뮬러원)의 추억을 떠올리며 시작한 게 벌써 세 시간째다. 간만에 하니 야생마 기질에 불을 댕긴다.

쿵쿵!

"내 그랄 줄 알았다!"

가드레일에 곤두박질쳐 나가떨어지는 상대편 페라리를 보며 욕지거리를 뱉는 환국의 얼굴에 기쁨이 넘실거렸다.

쿵쿵!

다음 단계에서 옵션을 선택하던 환국이 현관문을 힐끔 보다가 재빨리 다시 모니터로 향한다.

"와… 700마력?! 좋았쓰! 이번엔 너다. 람보르기니! 가자! 마! 달려보자!"

쿵쿵!!

아까보다 더 큰 소리로 누군가 문을 두드렸다.

"아, 시발 누구야! 왜 남의 집을 두들기고 지랄인데?! 이 시간에!"

그러면서 벽시계를 올려다보았다. 시침은 저녁 8시가 조금 넘은 시각을 가리키고 있었다.

"젠장할…"

흐름이 깨졌다. 이런 기분으로는 더는 게임을 할 수 없어 의자에서 벌떡 일어나 거실로 향했다.

"머야 이거."

각기 다른 번호로 걸려온 부재중 전화가 16통이나 되었다. 전화 내역을 확인하려던 그때, 마침 전화벨이 울리는 바람에 환국이 움찔하며 받았다. 모르는 번호였다.

– 누군데에?

– 나야.

– 나가 누…

환국이 입가를 손으로 훔치며 되물었다.

– 해, 행수님?

– 아닌 걸 이제 알았을 텐데?

정확히 2초 후에 아차 싶자,

– 이 씨발년아!!! 내 돈 어디에 있어?! 어?! USB! 이년아!

– 아우님.

– 아우니임? 으따대고 아우님인데? 이 시퍼렇게 젊은 년이! 우리 행님한테 꼬리 살살 쳐가 속애묵은거 내 모를 줄 알았어? 어? 니 지금 어디야? 만나모 내 손에 고마 콱 뒤질 줄 알아라!!! 으디서 뒤통수를 쳐치기를! 빨리 내놔! 내 돈 갖구와! 빨리!

– 후. 아우님. 낫살 처먹고 자꾸 애처럼 징징댈래? 지나간 얘긴 관두고.

– 머, 머어?? 지나간 얘기이?

– 내가 평소에 뭐랬어? 세상에서 가장 부질없는 얘기가 세 가지가 있댔지. 남 얘기, 지나간 얘기, 남의 지나간 얘기. 그러니까 과거 얘기는 그만 하자. 그보다…

– 머어? 남의 얘기이? 니가 남이냐?

– 당연히 남이지. 그래도 한때 형수 시동생 사이였던 정으로 전화한 거야. 그러니 지금부터 내가 하는 말 잘 들어. 누가 오든 문 열어주지 마. 열면 아우님은 죽어.

– 니가 먼저 내 손에 죽는다이까?? 빨리 내 돈 안 갖구와?!

쿵쿵쿵!

"누구냐고오?!"

현관으로 향하며 소리쳤다.

"맥 딜리버리입니다! 햄버거 시키셨죠!"

– 열지 마. 열지 말고 내가 하라는 대로 해. 이 전화는 끊으면 안 돼.

– 내 마지막으로 한분만 딱 말한다이? 한 시간 안에 당장 돈가방 들고 안 튀어오모 49재도 못 지낼 만큼 내 잘근잘근 씹어묵을끄야. 알았어?

그렇게 패기 좋아 질러대던 그때, 환국은 머리 한 대 얻어맞은 것 같았다. 환국은 햄버거를 시킨 적이 없었다. 더구나 방금 짬뽕을 먹었지 않나?

– 내 햄버거… 안 시킨 것 같은데…

– 그러니까 열지 마.

쾅!!!

이번엔 문을 걸어차는 소리였다. 환국이 반사적으로 몸을 돌렸다. 같은 소리를 들었는지 전화 너머로 가짜 영춘이 말했다.

– 열지 마.

"누구…세요?"

"맥 딜리버리입니다! 죄송합니다! 잘못 배달했습니다!"

"아… 씨발! 진짜 사람 여러 번 놀래키네! 짜슥이! 야이 새끼야!"

그러나 인근에 맥도날드 지점이 있었나, 하는 의문으로 이어졌을 땐 이미 현관문을 연 다음이었다. 안쪽에서 열어젖힌 힘이 순식간에 밖에서 끌어당기는 힘으로 뒤바뀌는 건 말 그대로 찰나였다. 그리고 철컹!!! 하고 둔탁한 쇠붙이 소리가 났다. 다행히 걸쇠가 걸린 것이다. 현관문 틈으로 거뭇한 그림자들이 하이에 나처럼 벌어진 틈을 서로 보기 위해 두 눈을 희번덕거렸다.

"와… 와하… 와하하…!" 얼음처럼 굳어버린 환국의 입에서 웃는 소리인지 우는 소리인지가 새어 나왔다. "아, 요, 요게 걸려 분네! 씨발… 존나 놀랬네. 요게 날 살렸네!"

그러면서 주섬주섬 떨어뜨린 스마트 폰을 주워 들었는데, 이미 통화는 끊긴 다음이었다.

"와… 이년. 이거 무당인가? 여보, 여보세요? 엽… 시발 끊겼네."

위이이이잉-!!!

위이잉!!!

귀를 찢어발길 듯한 날카로운 소리에 고개를 퍼뜩 들어보니 전기톱에 의해 걸쇠가 이미 반쯤 잘려나가고 있었다. 충격을 받은 환국의 두 눈이 크게 벌어졌다.

위이이잉-!!!

댕그렁!

걸쇠가 떨어지면서 현관문이 무방비하게 열렸고, 눈 깜짝할 새에 놈들이 쏟아져 들어오기 시작했다.

퍽! 하고 번개 같은 것이 환국의 얼굴에 냅다 꽂히고, 이어서 명치에 꽂히는 바람에 환국의 상체가 저절로 활처럼 휘었다. 숨을 토하듯 헉헉대는데, 다시 퍽! 하고 이번엔 오른쪽 갈비뼈 사이로 주먹이 들어와 박혔다.

"윽!"

"起來"

(치라이) 일어나.

중국말이다…!

대장으로 보이는 놈 뒤로 여러 명이 병풍처럼 둘러섰다. 놈은 환국의 머리채를 움켜쥐고 눈앞에 사진을 들이대며 물었다.

"这个女人在哪儿？"

(쩌거뉴런 짜이나얼) 이 여자 어디에 있어?

"몰ㄹ…!"

어라? 깡마른 얼굴에 세상 불만 다 떠안고 있는 눈빛, 점막까지 촘촘하게 메운 진한 아이라인… 가짜 영춘이다!

"이년이 와… 바, 방금 전화 왔는데 끄, 끊었어! 그라이까 이년이 어디에 있는지는 내도 진짜 몰라! 진짜야!!"

나이에 안 맞게 애처럼 울먹이며 하소연했지만 소용없었다.

"我数三, 你说. 一."

(워슈산 니쉬 이) 셋 센다. 말해. 하나.

그러자 다들 차례로 허리 뒤춤에서, 걷어 올린 발목 사이에서 연장을 꺼내들기 시작했다. 정육 칼, 스패너, 망치 등 다양했고, 몇몇은 전선줄과 호스를 손에 칭칭 감고 있었다. 그건 기껏해야 알루미늄 야구 배트나 맥주병을 들고 설치던 동네 양아치들과는 차원이 다르다는 것을 한눈에 보여주는 광경이었다.

"니, 니들 누구야? 누가 보내서 왔는데? 사, 살려주세요!"

"二."

(얼)

"정말 모른다고 개새끼들아!!!!"

"三."

(싼)

넘버 투쯤 되어 보이는 하나가 아주 빠른 속도로 달려들어 환국을 통과했다. 그리고 두 박자 정도 뒤에 환국의 목과 가슴에서 붉은 피가 솟구쳤다. 미처 비명도 지르지 못한 환국의 얼굴이 순식간에 하얗게 질리고 말았다. 어디부터 지혈하면 좋을지 몰라 몸을 떠는 모습을 보며 놈이 다시 말했다.

"你说. 一. 二."

(니쉬 이, 얼) 말해. 하나, 둘.

"三."

(싼)

넘버 투가 환국의 입에 재갈을 물렸다. 그런 뒤 또 다른 하나가 자신의 연장을 높이 들어 환국의 머리 어디깨를 향해 내리쳤다.

빠직!!!

완강하게 저항하며 바둥거리던 환국의 두 다리가 끝내 움직임을 멈췄다. 그러고도 분이 풀리지 않은지 놈들은 널브러진 환국을 향해 차례로 오줌을 갈겼다. 중국어로 험한 욕지거리가 쏟아졌다. 그러다 문득 한 명이,

"好像还有一个人."

(하오샹 하오 이거런) 한 명 더 있는 것 같아.

그러자 고요해진 일동이 집안 곳곳을 매서운 눈초리로 살피기 시작했다. 놈은 계속해서 반복해서 말했다. 숨은 고양이를 찾기 위해 어르고 달래듯 낮고 가늘게.

"好像还有一个人…"

한 명 더 있는 것 같은데…

고개가 기이하게 돌아간 채로 죽은 환국의 동공이 어딘가로 향했다. 그 순간, 살짝 열린 현관문 틈으로 실내를 살피고 있던 태열은 온몸이 곤두선 채 떨고 있었다.

"후읍…"

숨이 멎는다는 게 어떤 건지 확실히 느낄 수 있었다. 그러다가 태열은 천천히 뒷걸음질 친다는 것을 모르고 복도에 널브러진 중국집 그릇을 밟고야 말았다.

덜그럭!

순간 휙!!! 하고 놈들이 일제히 고개를 돌렸다. 0.0001초 생각할 겨를도 없다. 무조건 삼십육계 줄행랑이다! 태열은 재빨리 편의점에서 사 온 맥주와 안주 따위가 담긴 비닐봉지를 냅다 집어 던지고 그 길로 도망치기 시작했다.

"抓住!!!"

(쫘주) 잡아!!!

피칠갑을 한 놈들이 번개처럼 튀어나와 그 뒤를 쫓았다.

＊＊＊

헉-

헉-

헉-

내려간다는 것을 어쩌다 보니 위층으로 오르게 된 태열은 아무래도 안 되겠던지 계단을 두 개, 세 개씩 날렵하게 뛰어올랐다. 9층쯤 다다랐을 땐 숨이 목 끝까지 차오르면서 두 다리가 후들거리기 시작했다.

다다다다닥!!!

뒤쫓아 오는 발소리의 수가 점차 늘어났다. 넷? 다섯? 그래, 다섯 명쯤 되는 것 같다. 그런데 힐긋 본 엘리베이터 층수 표시 화면도 역시 8층, 9층, 10층으로 변하기 시작했다. 큰일 났다! 놈들은 둘로 갈라져 추격하는 길을 택한 것이다. 그렇다면 머릿수는 일고여덟 명쯤 된다고 봐야 맞다. 그야말로 쫓고 쫓기는 결전이 벌어졌다.

헉-

헉-

헉-

놈들의 숨소리가 뒤통수에 차츰 가까워질수록 머리털이 쭈뼛거렸다. 사냥감을 향해 돌진하는 짐승의 헐떡임이라고 해야 맞았다. 15층. 간신히 옥상에 다다르자 또 다른 난관에 가로막혔다. 위로 난 옥상 문이 녹슨 자물쇠로 잠겨 있었던 것이다.

헉-

헉-

옆에 나뒹구는 오래된 소화기를 집어 들어 힘껏 위를 향해 올려쳤다. 캉! 캉! 캉! 그 짓을 수차례 하자 녹슬고 마모된 연결 부분이 허물어지면서 간신히 헐거워졌다. 서둘러 있는 힘껏 문을 열어젖히자 드디어 문이 열렸다. 철제 간이 사다리를 딛고 올라서려는데,

턱! 하고 발목이 잡혔다. 발목을 비틀어버릴 것 같이 조여 오는 힘 너머로 누런 이를 드러내며 씨익 웃고 있는 인간 백정이 보였다. 태열은 소화기의 안전핀을 잡아 뽑고 냅다 뿌려댔다. 치이이익- 순간 분말이 급속도로 퍼지더니 눈앞은 금세 뿌연 소화약제로 뒤덮였다.

"꺼져!!!"

연이어 올라온 놈들이 눈을 감싸 쥐는 사이에 벗어난 태열은 사방을 둘러보았다. 여기서 건너편 옥상까지는 3미터 정도 떨어진 거리였다. 거리를 재고 자시고 할 겨를이 없이 바로 도움닫기를 하며 몸을 날렸다. 어차피 죽기 아니면 살기니까. 무사히 착지하자 찌릿한 전기가 발꿈치에서 복숭아뼈를 타고 흘렀다.

이어서 옥상으로 올라온 놈들은 마치 영화 속 좀비처럼 하나둘 머릿수가 늘어나더니 그중 몇몇은 이쪽으로 뛰어넘기를 시도했고, 다른 몇몇은 다시 옥상 밑으로 내려가기 시작했다.

윙-

윙--

안 주머니에서 전화가 울렸다. 받을 새가 없었다. 또다시 옆 건물로 건너뛴 태열은 1층으로 내려가 아파트를 벗어나는데 성공했다.

"택, 택시!!!"

후다닥 뛰어간 택시 정류장에서 빈 택시 하나를 잡아탔지만 운전석은 비어 있었다.

"잠깐만 기다리세요."

저만치 상가 건물에서 기사가 어슬렁거리며 나왔다. 자판기에서 커피를 뽑은 그는 5분 후에 출발하겠다는 듯이 손가락을 펴 보였지만, 이미 태열이 운전석을 차지한 다음이었다.

쾅!

하고 차 문을 닫는 순간 놈들 중 하나가 냅다 달려와 부딪치듯 조수석 문을 열려고 시도했다. 마치 배에 올라타지 못하면 영영 물속에 빠져 죽는 물귀신처럼 희번덕거리는 눈으로 열심히 문을 잡고 늘어졌다. 공포와 혐오에 소름이 끼쳤다. 그 길로 무자비하게 엑셀을 밟았다. 이번엔 또 다른 놈이 겁도 없이 정면으로 달려오자 핸들을 이리저리 돌려가며 간신히 빠져나갔다.

"후…"

놈들의 모습이 시야에서 확연히 멀어지자 숨이 탁 풀렸다. 다리에선 쥐가 난 것처럼 근육의 경련이 일었다. 그러다 백미러에

언뜻 얼굴이 비치자 아예 각도를 내려 확인했다. 어느새 자기도 모르게 두 눈에 눈물이 그렁그렁 맺혀 있었다.

띠링-

띠링-

미터기에서 계속해서 호출이 뜨자 주행 버튼을 눌러 콜을 차단했다. 그리고 마침 또다시 걸려온 서현의 전화를 스피커로 연결한 후에도 핸들을 놓지 않았다.

– 어, 나야. 말해.

서현이 한층 밝아진 목소리로 말했다.

– 아저씨. 왜 이렇게 전화를 안 받아? 탈모 아저씨도 그렇고. 딴 게 아니고 어제 부탁한 거 알아냈어. 예약 팀 계약직 중에 나랑 친한 애가 있거든. 거기선 탑승객의 여권 정보, 결제 정보 다 알아낼 수 있지롱. 이름, 주소, 생년월일 전부 말이야. 이건 비밀인데, 걔가 얼마 전에 아이돌 그룹 모 멤버의 왕복항공편하고 좌석 정보를 텔레그램에서 돈 받고 팔다 걸렸대 글쎄! 근데 이번에 개인정보보호법 위반으로 벌금을 500이나 때려 맞았다지 뭐야. 배보다 배꼽이 더 큰 거지. 아무튼 그 벌금 좀 도와주는 조건으로 알려줬어. 듣고 있어 아저씨? 왜 대답이 없어? 감동 받았구나? 아무튼 빨리 용건만 말할게. 그 아줌마 조선족이었어. 1979년생 진가림. 중화인민공화국 길림성 출신이래. 직업은 교사였고. 대박이지? 국내선이어서 마음 놓고 실명으로 탔나봐. 심사 안 하니까. 여보세요? 아저씨? 이봐요. 경찰 아저씨~ 듣고 있어?

멍하니 앞을 응시하는 태열은 과거의 그녀 모습이 눈앞에 펼쳐지는 것 같았다. 그동안 영춘, 아니 진가림이 자신의 의견을 뒷받침하기 위해 고사성어나 명언, 비주류 서적의 숨겨진 구절 등을 광범위하게 활용하던 장면들이 떠올랐다. 그런데 조선족이었다…?

> "이 지문 대한민국에 아예 존재하지 않는 사람이야."
> "외국인들의 지문 정보를 10년 치 자료 다 뒤져봤거든?
> 역시 없었어."

결국 지문에 대해 그 어떤 정보를 알아낼 수 없었던 이유는 진가림 역시 밀항으로 들어왔기 때문인 것이다. **밀항으로 들어온 조선족 마약 조직원.** 이것이 그녀에 대한 완벽한 정의였다. 마치 암초에 부딪히던 조각배가 서서히 움직이는 것처럼 그간의 단서들이 하나하나 떠올랐다.

문자메시지 속 암호를 수월하게 주소로 풀어내던 것.

> "063은 전라북도, 음표 기호는 홍, 한자어는 과녁 '적'이야.
> 죽은 애가 **중국에서 온 것 같으니, 이걸 '더'로 읽겠지.**
> 합치면 홍더면. 전라북도에서 홍더면이라는 곳이 있을까?"

필로폰 30kg을 손에 넣고 어떻게 처리해야 할지 망설였을 때,

"뜬금없이 이 지경까지 와서 신고하자고? 정말? 그럴 수 있어?
그럼 당장 경찰에 *전화 쳐.*"

일반적으로 전화를 '걸다'가 아니라 '치다'는 표현을 썼다.

역시 그 또한 打電話(타띠엔화)라는 중국어의 습관이 남아 있던 것이다.

전라도 흥덕면 목적지에 도착해서 보수를 올려달라는 서현과의 입씨름 중,

"할 거야?"

"네."

"진짜지? 또 말 바꾸면 그땐 곤란해."

"네. 200으로 할게요."

"90이야. 괜찮죠로."

그러면서 숫자 *'9'*를 만들어 보이던 **손가락 모양**까지도.

jiǔ

九

4부
비에씬타

한 테이블에서
연달아 두 번씩이나 행운을 시험하는 것은
불길한 징조다.

- 도스토옙스키 『노름꾼』

11

구우- 구우-

산비둘기의 울음이 쓸쓸하게 들리는 오후 9시.

"여기 어디쯤이랬는데…"

택시에서 막 내린 서현은 제법 쌀쌀한 밤공기에 마스크를 콧등까지 끌어올렸다. 주변에서는 벌레 우는 소리까지 더해져 들려와 음산한 분위기를 자아냈다.

밤이슬 머금은 수풀 사이를 간신히 헤쳐 나가니 눈앞에 야산을 뒤로 하고 자리한 한 건물이 보였다. ○○가든이라는 간판만 덩그러니 걸려 있는 걸로 봐서 오래전에 폐업한 식당이었던 듯하다. 어쩐지 을씨년스러운 기분에 뒤를 돌아보았지만, 어느덧 왔던 길을 되돌아가던 택시의 불빛도 희미해졌다.

툭!

그때, 어디선가 돌 던지는 소리가 들려왔다. 소리 나는 쪽을 보자 스마트 폰 플래시를 비추는 태열이 보였다.

"이쪽이야!"

태열은 서둘러 손짓을 하더니 먼저 건물 안으로 들어섰다. 하필 이런 곳에서 볼 게 뭐람, 서현은 투덜대면서 그 뒤를 따랐다. 2층으로 오르면서 벽면에 스위치가 만져졌지만 아무리 눌러도 불은 들어오지 않았다. 간간이 남아있는 업소용 테이블과 먼지 쌓인 의자 두어 개만이 기존에 이곳이 어떤 곳이었는지 퉁명스레 말해주는 것 같았다. 이따금 쥐가 지나가는 소리도 들린 것 같았다.

"꼴이 그게 뭐야?"

계단을 막 올라온 서현은 태열을 보더니 우뚝 멈춰 섰다. 떡진 머리, 퀭한 눈빛, 다소 지저분한 팔뚝, 그리고 핏방울이 튄 티셔츠는 그 부분을 비빈 탓에 더 얼룩이 져 있었다. 태열은 무슨 말을 어디서부터 어떻게 꺼내야 할지 망설이는 듯 혀로 입술을 축였다.

"잠깐. 아저씨 울었어? 눈은 또 왜 그래?"

"놀라지 말고 지금부터 내 말 잘 들어." 창틀에 한쪽 엉덩이를 걸치며 말했다. 그리고 깊이 심호흡을 한 뒤에, "일단, 김환국은 죽었어."

서현은 두 눈을 휘둥그레 떴다. 충격을 받았거나 놀라서라기보다 자신이 뭘 잘못 들었는지 재차 묻는 표정이었다.

"그래. 이해해. 나도 너무 놀라서 지금 말이 안 나와. 이건 내 생각인데… 그놈들 조선족 같았어. 말투가… 말투가 꼭 그랬거든."

"근데 왜 안 말렸어?"

"말했잖아. 그놈들, 이라고. 한둘이 아니었어. 난 그 현장에 있다가 부리나케 튄 거야."

"왜 죽었는데?! 이유가 뭐야? 아니, 잠깐…"

서현은 두서없이 쏟아지는 말들을 정리해야겠다는 듯이 손을 들며 눈을 질끈 감았다가 떴다.

"도무지 이해가 안 돼. 아저씨. 똑바로 차근차근 말해봐. 탈모 아저씨를 조선족들이 죽였다고? 왜?"

"최영ㅊ… 아니, 진가림. 그래, 진가림 그 여자 때문이야."

"그 아줌마가 뭔데? 뭐길래 탈모 아저씨가 죽어?"

"뭔가 있어."

"그러니까 그게 뭐냐고! 난 몰라 증말! 기껏 정보 알아 왔더니 한다는 소리가 뭐? 사람이 죽어? 진가림 때문에?! 내가 이걸 어떻게 받아들여야 해?"

"내가 어제 말했잖아. 그년이 조직 내에서 뒤통수를 치고 필로폰을 가로챈 거라고. 그런데 그년이 안 보이니까, 그년을 쫓던 조선족들이 접점이 있는 김환국을 족친 거라고!"

"그래서 뭐? 우린 어떻게 되는데?! 어쩌자고 날 불렀어?! 뭘 할 수 있는데 우리가아!"

서현이 사과처럼 빨개진 얼굴로 발을 동동 굴렀다. 발을 잘못 들였다. 단순한 심부름만으로 돈을 벌 수 있는 일이 아니었다. 만만하게 본 게 화근이었다. 잘 생각해 보면 비행기 안에서 처음 마주친 진가림도 어쩌면 다 계획된 모습이었을 지도 모른다는 생각이 들었다. 그만한 재력을 가진 사람이 비즈니스석을 타지 않은 건 순전히 개인정보를 숨기기 위함이었다는 것도 최근에 알았다. 평소에 김지혜라는 타인의 명의를 도용했어도 항공보안에서는 오히려 그것이 위험하다는 걸 알았기 때문에 비행기 탑승할 때만큼은 과감하게 실명을 드러냈던 것이다. 비자 유무 체크를 하지 않는 국내선인 데다가 출입국심사가 없기 때문이다. 요염한 눈빛을 띠며 자신을 쳐다보던 그 얼굴이 떠오르자 등골이 서늘해졌다. 일부러 말을 건 것도, 그래서 명함을 내민 것도 정말 우연이었을까? 아니면 그 또한 계획의 일부였을까? 후자라면 도대체 언제부터 지켜봐 왔던 것일까? 무슨 생각으로? 또 왜 하필 나일까? 수많은 승무원 중에 왜 하필.

"그러니까…"

서현이 다시 입을 열었다.

"그러니까… 아저씨나 나나 그 죽은 탈모 아저씨나… 뭣도 모르고 진가림의 손에 놀아났다는 거네? 설상가상 조선족 깡패들한테 엉겁결에 쫓기는 꼴이 됐고?"

"그래."

한 박자 뒤에 태열이 무겁게 고개를 끄덕였다.

"그럼 돈은?"

서현이 눈꼬리를 살짝 치켜올리면서 물었다. 조금 전과는 다른 표정이었다. 아니 어쩌면 그 표정을 드러내기 위한 적절한 타이밍을 찾고 있었는지도 모른다. 태열은 오히려 '본론'에 대해 빨리 꺼내주니 잘 됐다는 생각이 들었다. 어차피 뭉치게 된 목적도 딱 하나였으니까. 돈.

"절대 포기 못 하지. 그래서 보자고 했어."

"지금이라도 방법이 있겠어?"

어느새 두 사람 사이에는 더 이상 죽은 김환국이 낄 틈이 없었다.

"진가림은 반드시 중국으로 돌아갈 거야. 그리고 출발지는 인천일 거고."

"인천? 중국이랑 가까워서?"

"브로커를 가장 쉽게 컨택할 수 있어서야."

"부산도 있잖아?"

"그쪽은 이미 자기네 조직원들로 쫙 깔려 있어. 지 무덤 팔 일은 없지."

"하긴 그러네."

"그래서 말인데, 당장이라도 인천항 쪽에 정보를 흘릴 생각이야."

"그렇게 되면 일이 커지잖아?"

서현이 살짝 움츠리는 기색을 보였다.

"별다른 방법이 없어. 그렇게 된다면 그년은 우릴 찾아오게 되어 있어."

"도망쳤는데 다시 우릴 찾아온다고? 우리가 뭘 할 수 있는데?"

"봐봐. 난 경찰이고, 넌 비행기 승무원이야. 그년은 우리가 협조만 해주면 빠져나갈 수 있다고 머릴 굴리겠지. 예를 들면 이런 거야. 내가 불법조업 어선 단속 작전에 관여해서 해경의 눈을 피해 지를 무사히 중국으로 보내줄 수 있다고 믿는다든지, 승무원인 너를 통해 화물칸에 몰래 짐을 숨기거나 환승구간을 이용해 몰래 빼돌리든지 말이야. 그런 식으로 지 나름대로 개구멍을 찾을 거야."

태열이 고개를 앞으로 살짝 내밀며 미소를 지었다. 밖에서 비춰오는 가로등에 옆얼굴이 빛났다. 무능하고 우유부단한 남자 친구가 태열의 반의반만이라도 닮았더라면 헤어지는 일은 없었을 텐데, 하고 그 와중에 서현은 생각했다.

"아저씨 진짜 똑똑하네. 계급이 뭐랬지?"

"경감."

"기억해 둘게. 그런데, 진가림이 벌써 중국으로 갔을 수도 있잖아?"

태열이 가만히 코웃음을 쳤다.

"아저씨 뭐 또 아는 거 있구나?"

"그년 아직 한국에 있어."

편의점에서 나와 환국의 집이 위치한 3층까지 걸어 올라가면서 중앙 계단에서 들은 통화 내용이 떠올랐다. 여자와 옥신각신하는 목소리였고, 짐작이 맞다면 상대는 진가림이 틀림없었다.

"아저씨가 그걸 어떻게 알아?"

끼이이익-

구르륵…

순간, 두 사람이 동시에 창가에서 떨어져 상체를 수그렸다. 밖에서 나는 소리였다. 분명히 타이어가 구르고 차가 멈추는 소리였다. 이윽고 밖에서 들어오는 어떤 불빛이 콘크리트 벽면과 천장을 한 차례 쓸고 지나가더니 소리와 함께 차츰 사그라들었다. 누가 봐도 차량 라이트였다.

누군가 이곳에 차를 타고 왔다!

이윽고 밑에서 어떤 기척이 들려왔다.

뚜걱.

뚜걱.

뚜걱.

갑작스런 발소리에 두 사람은 누가 먼저랄 것 없이 바싹 몸을 붙였다.

* * *

뚜걱.

뚜걱.

뚜걱.

계단 난간에 비친 그림자가 서서히 가까워지면서 발소리도 차츰 크게 들렸다. 누군가 올라오고 있다. 그가 누구냐에 따라 대

응 태세를 머릿속으로 복잡하게 준비하고 있던 참에,

"어휴, 멀리도 왔다. 증말. 힘들어 죽겠네."

뉴욕 양키스 모자를 꾹 눌러쓰고, 아웃웨어 저지를 목 끝까지 지퍼를 채워 올린, 진가림이었다. 그런 그녀를 알아보기까지는 수초가 걸렸다. 며칠간 봐왔던 모습, 목뒤로 감싸고 내려오는 우아한 숄칼라에 원피스 혹은 정장 바지 차림과 정반대였으니까. 한쪽 어깨에 걸머진 보스턴백은 끈이 해지고 변색된, 위장을 위해 어디선가 주웠음직 했고, 운동화는 곳곳이 지저분하게 까져 있어 나름 고군분투하다 온 흔적이 역력해 보였다.

"너, 너…?"

태열이 놀라 눈을 부릅떴다. 그 와중에도 서현은 결국 진가림이 우릴 찾아올 거라는 태열의 예지력에 감탄했다.

"저 미친 아줌마가 진짜 왔어!"

그러나 진가림은 마치 그동안 자신이 만들어낸 거대한 물살과 파동에 전혀 책임이 없는 듯이 유유히 지나는 상어처럼 아무렇지 않게 두 사람에게 다가왔다. 그러면서 거미줄이 쳐진 한쪽 구석과 철거 부자재들이 나뒹구는 주위를 둘러보며 말했다.

"택시 겨우 잡아타고 왔어. 야간 할증 붙어서 따따블 줬네. 돈 아깝게."

그 자연스럽다 못한 뻔뻔함, 납득이 안 되는 태연함에 두 사람은 얼어붙은 채 할 말을 잃었다.

"이 개 같은 년아!!!"

태열이 튕겨지듯 달려가 진가림의 멱살을 잡아 올렸다. 그러자 그 깡마른 체구가 종잇장처럼 들어 올려졌다. 분노의 크기만큼 그녀의 발이 바닥에서 멀어져갔다. 태열은 더는 참지 못하고 씨익- 웃는 그 얼굴을 급기야 손바닥으로 후려쳤다.

퍽!!!

"앗!!!"

서현의 비명과 함께 진가림이 바닥에 내팽개쳐졌다. 메고 있던 보스턴백도 아무렇게나 떨어져 나갔다. 그럼에도 분을 삭이지 못한 태열이 다시 진가림의 멱살을 잡아 흔들어댔다.

"어디에 있다 이제야 나타난 거야? 돈! 내 돈은 어디에 빼돌렸어?! USB는? USB 내놔!"

"잃어버렸어."

순간, 놀란 듯 숨을 들이마시는 소리가 들렸다. 이번엔 서현이었다. 서현은 급소를 맞은 표정으로 태열에게 긴급한 시선을 보냈다. 가장 중요한 것을 잃어버렸다? 태열의 눈동자가 불안정하게 흔들렸다.

당했다!

명백하게 당했다!

이럴 줄 알았다!

"그 거짓말을 믿으라고?"

"안 믿으면 어쩔 건데?"

"죽어!!!"

"아저씨 그만해!!!"

서현의 고성에 태열도 순간 멈칫하고 말았다.

주르르- 코에서 흘러나오는 핏물을 한 손으로 쓰윽 닦은 진가림의 눈가에 눈물이 맺혔다. 그런데 도리어 기괴함이 느껴졌다. 슬픔, 후회, 고통의 성분이 없는 눈물이라니. 때마침 툭, 하고 쓰고 있던 야구모자까지 바닥에 떨어지면서 세기말 B급 가수를 연상케 하는 샛노란 단발머리가 드러났다. 그마저도 얼룩덜룩한 데다가 급하게 염색했는지 독한 약품 냄새까지 진동했다. 거칠게 그녀의 멱살을 풀자 기다렸다는 듯이 진가림이 말했다.

"켁! USB는 정말 잃어버렸어. 너무나 우습게 말이야. 거짓말? 그게 거짓말이었다면 여길 내가 왜 왔겠어? 너희 두 사람한테 맞아 죽을 텐데? 안 그래? 그런데도 온 건…"

소매로 야무지게 코를 닦으며 말했다.

"죄책감이라고 치자. 용서도 구하고, 늦게라도 나누는 게 속 편할 것 같아서."

우당탕탕!

말이 끝나기 무섭게 태열이 한쪽 귀퉁이에 놓인 테이블을 발로 걷어찼다. USB라는 건 원래 충분히 잃어버릴 수 있다. 그러나 그 안에 수백억 원의 코인이 담겨 있다고 하면 말이 달라진다. 정말 실수였을까? 정말 순간의 부주의였을까? 절대 그럴 리 없다. 분노가 머리끝까지 끓어올랐지만, 이성이 말했다. 태연하라고. 그녀를 자극하지 말라고. 그리고 그러한 자기 최면을 거는

셈법조차 다 꿰뚫어 볼 것만 같은 눈빛으로 진가림이 순순히 사과했다. 쐐기를 박듯.

"미안해."

그 묵직한 말 한마디에 이미 뭔가 들킨 것만 같았다. 그나마 남은 현금이라도 건지길 바라는 간절함을.

'냉정하게 생각하자.'

한국을 뜨려던 진가림이 뭐에 막혔는지는 몰라도 돌아가는 정황상 두 사람의 도움을 필요로 하기 때문에 돌아왔을 것이다. 여기에 이렇게 다시 나타난 것이 그 증거다. 하지만 또다시 속을 순 없다.

"진가림. 네 이름 맞지? 79년생. 그동안 어떻게 된 거야?"

"말하자면 길어."

"그럼 짧게 해!!!"

태열이 옆에 나동그라진 의자를 걷어차며 소리쳤다.

"화나는 일이 있어도 그런 식으로 반응하지 마. 폭력적인 거 딱 질색이니까."

"김환국 오늘 죽은 거 알아?"

"알아."

"알아?!"

도대체 이 여자는 어떤 여자일까? 도무지 답이 보이지 않는 이 게임에서 어떤 묘안이 있길래 이토록 당당한 걸까? 베팅을 멈추지 않는 그녀의 앞에 어쩐지 칩이 자꾸만 쌓여가는 기분이

들었다. 그것이 태열의 마음을 조급하게 했다. 이 여자를 꺾으려면 헤게모니를 뺏어올 필요가 있었다. 주도권, 그래 주도권 말이다. 하지만 여전히 진가림은 '갑'의 위치에서 내려올 마음이 없어 보인다.

"이미 죽은 사람 얘기해서 뭐 해. 다 지나간 것을."

그러면서 팔짱을 끼더니 밖을 응시했다. 낡아빠진 창문가의 찢어진 방충망은 밤바람에 흔들리고 있었다. 진가림은 태열에게 다시 시선을 옮기고 말했다.

"우리 다시 힘을 합치자."

"이제 와서 무슨 힘을 합쳐요! 돈이나 빨리 내놔요!"

아까부터 진가림의 주변을 힐끗거리던 서현이 못 참고 끼어들었다.

"캐리어에 그대로 있어. 그런데 넌 여기에 왜 있니? 10억으로 부족했어?"

"아줌마야말로. 그냥 우리한테 남은 돈 다 주고 가세요. 우리한테 줘도 돈 많잖아요!"

"못 들었어? USB 잃어버렸다니까? 그런데 내가 무슨 돈이 있어?"

기세 좋게 단언하는 그 모습에서 치밀함이 엿보였다. 작은 것에도, 기습적인 것에도 결코 흔들리지 않는다. 그러나 교활한 사기꾼과 다시 손을 잡는 것만큼 세상에 위험한 일은 없다.

"널 다시 믿어주는 대신에 조건이 있어. 묻는 말에 솔직히 대답해. 함께 하고 말고는 그다음에 정할 문제야."

태열이 말했다.

"얼마든지."

"왜 김환국이 살해당해야만 했지?"

"……"

"아, 그 이전부터 물어야겠군. 2006년에 인천 강화군 교동면에서 동거하던 중국 국적의 남자가 살해당한 일이 있었어. 때마침 너는 잠적을 했지. 네 짓이지? 또 하나. 제주도에서 최영춘의 집을 나오고부터는 총책의 지시대로 움직이는 운반책 스케줄을 파악하고 마약을 가로챈 거야. 같은 여자 조직원이 교통사고로 죽어가는 걸 방치하면서까지. 여기까지 맞아, 틀려?"

아주 짧은 순간이지만 진가림의 얼굴에 난처한 기색이 스쳐 지나갔다. 처음으로, 가짜 영춘을 연기한 시점부터 지금까지 중 처음으로 본 표정이었다. 자신이 내다봤던 범위 안에 존재하지 않는 수를 맞닥뜨린 얼굴. 그러나 이내 표정을 바꾸었는데, 그것은 놀라움이나 두려움이 아닌 상대의 만만치 않은 정보력에 느끼는 흥미 정도였다. 마치 '어쭈? 꽤 하는데?' 식의.

"진짜… 진절머리 난다, 증말." 진가림이 모자를 똑바로 눌러쓰며 말했다. "돈이 뭔지…"

"믿게 하고 싶으면 솔직히 다 불어. 그렇지 않으면 돈이고 뭐고 없어. 여기서 싹 다 죽는 거야! 어차피 김환국도 죽은 마당에 우리가 다음 표적이 되지 않을 거라고 장담 못 하잖아?"

태열이 신랄하게 몰아붙였다. 시간은 어느덧 오후 10시. 사방이 뚫린 벽에서 서늘한 바람이 정적을 날랐다. 저마다 머릿속으로 계산기를 두드리는 동안 거친 콧바람 소리만이 침묵의 농도를 확인시켜 주고 있을 따름이었다.

"내 이름은 진가림." 나직한 목소리로 천천히 입을 열었다.

"그런데 유감이지만 79년생이 아니라 78년 12월생. 서류엔 늦게 올라간 거고."

조금씩 태열의 곁으로 움직인 서현이 경계 어린 눈으로 그녀에게서 시선을 떼지 않았다.

"태어난 곳은 길림성 안도현. 원래 내 친할아버지의 고향은 경주야. 3·1운동 때 만세 부르다가 일본 헌병에 붙잡혔는데, 다리를 분질러 버리고 도망을 치는 바람에 수배범이 됐대. 그 일을 계기로 만주로 갔고, 독립운동을 했지."

술술 말하는 진가림은 이제 자신의 깊은 사정을 말해야 할지 말지에 대한 고민을 완벽하게 끝낸 것처럼 보였다.

"가족을 팔겠다?"

"절대. 난 몸은 팔아도 가족은 안 팔아."

"계속해."

태열은 주머니에 넣었던 손을 빼내어 팔짱을 꼈다.

"해방 후에 다시 한국으로 돌아오려고 했는데 형편이 안 됐어. 그렇게 눌러살다가 할아버지가 돌아가셨거든. 어떻게 죽었게? 문혁문화혁명, 1966년~1976년까지 모택동이 주도한 정치운동 때 부농으로 몰린 거야.

홍위병들한테 끌려가 머리를 강제로 깎이는 수모를 당하며 자아비판을 해야 했지. 그 모습을 아들인 우리 아버지가 보고야 말았고. 결국 집으로 돌아온 할아버지는 목을 맸어. 그 뒤 할머니도 화병으로 가시고… 그래서 나한텐 할아버지 할머니에 관한 기억은 없어. 모두 들은 이야기뿐이야."

자세를 고치고 이어서 말했다.

"그 후, 아버지는 수차례 한국으로 들어올 기회를 노렸지. 그런데도 대한민국은 우릴 버렸어. 독립운동한 근거가 없다나? 흥… 누구 때문에 이렇게 됐는데…"

"이방인이었다?"

"그보다도 못한 존재. 중국에선 업둥이, 한국에선 이부형제."

"넌 어떻게 살았는데? 이제 네 이야기를 해봐."

"우리 엄마가 내가 열두 살 때 일찍 죽고, 아버진 새장가를 들었어. 훗엄마^{새엄마}란 여자는 한족여자였는데 하루가 멀다 하고 날 때렸지. 초우뱌오즈(쌍년)! 아버진 방관했고. 그래서 도피성으로 결혼했어. 근데 이 새끼도 날 때리네? 하도 얻어터지니까 하루는 뒷집에 사는 할머니가 날 재워주셨어. 그분도 조선족이었는데 마음씨가 좋으셨지. 그때 그 집 텔레비전으로 본 한국 드라마가 인어아가씨였어. 되게 재미있더라 그거? 그래, 여자가 살려면 저 정도 독기는 있어야지, 싶더라고. 그다음은 뭐… 조사해 봤으니 알 거 아니야."

그러면서 긴 세월 동안 대한민국이 얼마나 자신에게 불친절했는지에 대해 장황하게 떠들어댔다. "라 서기. 이게 다 그자로부터 시작된 일이야."

"라 서기?"

"마을에 라씨 성을 가진 자가 있었어. 서기 일을 하고 있어서 다들 라 서기라고 불렀지. 마약 총책이야. 나를 한국에 보낸 장본인이고."

"왜 보냈는데?"

"일을 시키러."

"단지 그뿐이야?"

"내가 몸을 팔았지. 한국에 오고 싶어서."

뜻밖의 대답에 태열과 서현의 시선이 부딪혔다.

"그 말을 믿으란 거야? 넌 당시 결혼한 몸이었어. 가정은 어쩌고?"

"짜증 나게 왜 했던 말 또 하게 해? 허구한 날 남편 새끼가 날 두들겨 팼다니까? 지긋지긋했어. 그러던 참에 나한테 돈을 주면서 한국에 공짜로 보내주겠다는데 세상에 어떤 바보가 그걸 마다해? 일자리도 주겠다는데? 그래서 왔어. 혼자. 애 걱정은 안 했지. 다행히 애는 지 핏줄이라고 때리진 않더라. 이 정도면 설명이 됐지? 자, 다음."

"그렇게 왔는데 동거남은 왜 죽였어?"

"내가 죽였다는 증거 있어?"

"가장 유력한 용의자라서 하는 말이야."

"죽였으면?"

"살인죄가 추가되는 거지."

피식, 진가림이 웃더니 가래침을 뱉었다.

"오바하긴, 양 소장." 그녀가 나직이 목소리를 깔면서 캐릭터가 바뀌는 것 같았다. 심문을 받던 힘없는 용의자에서 무혐의로 밝혀진 권력자로. 다시 최영춘을 사칭하던 때의 얼굴과 목소리와 가상의 인격을 되찾은 진가림이 인상을 찌푸렸다. "왜 이렇게 깝쳐? 일 안 할 거야? 빨리 돈벼락 맞아서 양 소장 좌천시킨 그 인간들, 이참에 아주 그냥 약 올라서 정신 못 차리게 해야지. 지금 와서 내 과거가 뭐가 그렇게 중요해서 시시콜콜 하나하나 따지고 지랄인데. 계집애도 아니고. 혹시 나 좋아하니??"

전혀 미동 없는 태열과 달리 서현이 뜨악한 표정으로 힐긋 그를 쳐다보았다. 태열이 건조한 얼굴로 물었다.

"두 번째 질문. 솔직히 말해. 우리를 왜 찾아왔어?"

"밀항하려고."

* * *

"밀항??"

"응. 내 뒷조사해 봐서 알 거 아니야? 밀항으로 온 년, 밀항으로 가야지. 별 수 있나?"

"세관원들이 무섭긴 무서운가 봐?"

곤두선 얼굴로 태열이 받아쳤다.

"얘 뭐래니?" 진가림이 서현을 향해 어처구니가 없다는 듯이 웃었다. 그리고 다시 태열에게 시선을 옮기고 말했다.

"역시 짭새들은 근시안적이라니까. 걔네들이야 뇌물 먹이면 금방이야. 무섭긴 뭐가 무서워? 내가 마약을 했어 뭘 했어? 탐지견들이 말 그대로 개떼같이 달려들어도 난 하나도 안 무섭다고. 엑스레이 검색대를 못 지나가서 벌벌 떠는 게 아니라고, 이 양반아."

"그럼? 설마 내 도움이 필요한 거야? 하지만 유감이게도 난 그어떤 도움도 주지 못해."

"으응. 그러셔?"

"해경과 함께 사용하는 내부 보안망이 있지만, 내 소관이 아니야. 마약수사팀 소속이 아니니까."

"경감이라면서 그런 것도 못해?"

서현이 작은 소리로 물어왔다.

"네가 승무원이면서 고객정보를 쉽게 알아내지 못한 것과 비슷한 거야."

아하, 그제야 서현이 수긍의 입 모양을 뻥긋거렸다.

"뭣들 하는 거야. 주목!"

진가림이 손뼉을 치며 주의를 끌었다.

"둘이서 뭐라고 속닥거렸는지는 모르겠지만, 다 틀렸어. 내 계획은 이래. 너희도 나와 같이 밀항선을 타는 거야."

"어머, 미쳤나 봐!"

서현이 입을 틀어막았다. 진가림은 아랑곳 하지 않고 이어서 계속 말했다.

"바다 중간쯤 갔을 때 중국 쪽 도코다이선^{고속잠수기} 하나가 올 거야. 난 그리로 옮겨 타서 중국으로 돌아갈 거야. 물론 그 전에 너희한테 돈은 나눠줄 생각이고. 그럼 너희는 그 돈을 받고 왔던 길을 되돌아가는 거지. 인천으로 컴백."

"무슨 개똥같은 소리야?"

태열이 얼굴을 가까이 갖다 대고 험악한 표정으로 물었다. "지금 당장 돈을 나누면 될 일이야. 그런데 밀항선을 같이 타자? 이번엔 무슨 꿍꿍이야?"

"배신할까 봐."

진가림이 차가운 눈빛으로 말했다.

"배신?"

"돈도 못 받았겠다, 사람까지 죽었으니, 어디 한번 진가림 엿먹어라- 하는 심정으로 양심선언 한다고 난리 브루스를 치면 어떡해? 그런 너희를 그대로 두고 가자니 안심이 안 돼서 돌아온 거야. 물론 이번엔 정말 돈은 나눠줄 테니 걱정 마. 배 타고 가는 동안 안 잡아먹어."

이상하다. 김환국이 죽었어도 진가림이 중국으로 도망가 버리면 한국 경찰도 어쩔 도리가 없다. 국제법상 그렇다. 게다가 한·

중 양국 간에는 범죄인 인도 조약이 없기 때문에 중국 측의 협조를 기대하는 것도 어렵다. 결국 국제 인터폴에 의지하는 수밖에 없는데, 이 또한 중국의 협조를 필요로 하기 때문에 실효성은 제로. 결과적으로 진가림은 어떤 식으로든 중국으로 도망을 간다면 처벌받을 가능성이 지극히 낮았다. 안심해도 되는 상황이란 말이다. 그런데도 어째서 수사를 두려워하는 걸까?

그러면서 진가림은 두 사람의 손을 양쪽으로 맞잡으며 말했다.

"너희가 내 입장이었어도 이랬을 거야. 안 그래? 우리 이성적으로 생각하자."

"결국 돌아온 건 우리의 도움이 필요해서가 아니라 우리가 배신할까 봐 차라리 공범으로 만드는 게 낫다고 판단해서였군?"

"맞아. 내 딴엔 안전장치가 필요해."

"시발, 그럼 우린 안전장치 없어?"

태열이 물었다.

"돈."

"뭐?"

"풉! 돈 그거 하나 보고 여기까지 달려왔잖아. 이제 와서 무슨 안전장치야. 이미 교통사고 현장에서 나와 손잡은 순간, 양 소장은 안전장치 해제 아니었어?"

"그러네. 내 팔자 내가 꼬았네. 그래서? 밀항에 성공할 뾰족한 수라도 있어? 없을 것 같은데?"

"있는데? 내 나이 꽃다운 마흔일곱이야. 그간 들은 풍월이 얼만데 그 정도도 모르겠어?"

"해경의 눈을 피할 자신이 있어?"

"없어. 대신에 해경의 눈을 딴 데로 돌릴 자신은 있어."

"자세히 말해."

"가끔 남의 것을 탐내는 것들이 바다에 둥둥 떠다녀. 알잖아. 도둑놈들. 그 도둑놈들이 출몰하는 시간대와 구간을 잘 알아. 그때 해경들이 그리로 신경이 쏠릴 때 우린 최대한 우회해서 돌아가는 거야. 이게 제일 베스트야."

"그전에 우린 돈을 나누고, 넌 안심하고 중국 배로 갈아탄다?"

"응. 짜이찌엔."

듣고 보니 불합리한 조건은 아니었다. 그러나 마냥 접어두고 안심할 수도 없다는 생각이 들자, 쓸데없이 오기가 생겼다. 아니, 솔직히 말하면 주도권의 일부라도 공평하게 가져오고 싶었다.

"단, 조건이 있어. 캐리어는 세 사람이 함께 감시하고 관리한다."

"오케이."

"그리고 또 하나. 제대로 돈을 나누기 전까지는 넌 절대 중국 배로 옮겨 탈 수 없어. 2대1이야. 결코 네가 우릴 이길 수 없다는 걸 명심해."

"오케이."

좋아, 하며 태열은 한 차례 심호흡을 하며 등을 활짝 폈다. 긴장한 탓인지 아까 환국의 아파트에서 도망치면서 어딘가에 부딪힌 건지 온몸이 쑤시고 아팠다.

"내일이라도 출발할 수 있어?"

"응. 새벽 배 잡아 놨어."

"그런데 진가림."

계단을 내려가던 도중 태열이 물었다.

"왜."

"우리가 여기에 있는 건 어떻게 알고 택시까지 타고 행차하셨어?"

"위치추적."

그러면서 태열의 스마트 폰을 눈으로 가리키며 말했다.

"아! 잠깐 줘볼래? 말 나온 김에 뺄게."

말보다 먼저 손을 뻗어 스마트 폰을 가져갔다. 그리고 가방에서 대바늘같이 생긴 각종 폴리싱^{조립/분해} 도구를 꺼내더니 스마트 폰의 뒷면을 분해했다. 그리고 작은 부품 속에 얇은 칩 같은 것을 꺼내며 말했다.

"나 이제 이거 버린다?" 어처구니없어하는 태열에게 다시 말했다. "신뢰의 표시로다가. 앞으로 우린 원 팀이니까."

"그건 언제 부착했는데?"

"다들 잠 들었을 때. 그때." 그러면서 태열의 안색을 살피더니 이어서 덧붙였다. "이미 내가 PCB 조립 회사에 다녔다는 사실을 알고 있을 테니 따로 부연 설명은 안 해도 되겠지?"

"진짜 난 년이네."

"양 소장. 우리 진짜 부자 되자."

"나도 원하는 바야."

12

이튿날 새벽 3시 반.

비릿한 바다 냄새가 풍기는 인천 덕적도 모래사장. 사방은 아직 짙은 어둠이 차지하고 있는 데다 새벽안개까지 깔려 있어서 앞을 분간하기 어려웠다.

처얼썩- 처얼썩-

몰아치는 파도가 추위를 가져왔다. 모자를 꾹 눌러쓰고 긴 팔 집업 재킷에 자외선 차단용 페이스 마스크로 얼굴까지 완벽하게 가린 서현이 팔뚝을 비비며 말했다.

"아저씨. 이번엔 진짜겠지?"

후드점퍼 차림의 태열이 주변을 살피며 대답했다.

"막다른 골목에 다다르니 결국 우리가 지 구명줄인 거야. 걱정 마. 이번엔 진짜니까."

"아! 저기 온다!"

서현이 뒤를 가리키자 태열이 고개를 휙 돌렸다. 역시 저만치서 진가림이 걸음을 재촉하며 다가오고 있었다.

"어떻게 됐어?"

태열이 물었다.

"이미 도착해 있어. 얼른 가자."

진가림이 낮게 내뱉었다.

밀항선이라고 해서 작고 허름한 고무보트 정도라고 생각했다. 그런데 눈앞에서 기다리고 있는 건 89톤급 안강망 어선 ○○호였다. 선미에 팽팽하게 줄이 묶인 채 기다리고 있는 배를 본 태열이 의아하다는 듯이 물었다.

"이건 고기잡이배 아니야?"

"맞아. 오늘은 사람을 태우는 거지."

"꽤 큰데? 눈에 띄지 않을까?"

"크긴 뭐가 커. 그럼 코딱지만 한 쪽배에 탈 줄 알았어? 얼른 올라가."

태열과 서현이 떨떠름한 기색으로 올라타고, 진가림은 종이컵에 담긴 믹스커피를 홀짝홀짝 마시더니 약간 남은 것을 그냥 내던지고 뒤따라 올라탔다. 모두 승선하자 배가 가볍게 흔들렸다.

"캐리어는?"

"밑에 숨겨 놨어. 걱정 마."

"출발하기 전에 확인부터."

"지금?"

"그래, 지금."

"나중에 해. 일단 뜨고 봐야 될 거 아냐?"

"빨리하죠? 꾸물거리지 말고."

어쩐지 중언부언 둘러대는 것 같은 낌새에 서현이 지지 않고 나섰다. 처음 만났을 때의 조심성은 온데간데없는 말투였다.

"콩고물 어쩌고 할 때부터 알아봤다 넌 내가. 안 떼어먹어. 걱정 마."

아까부터 갑판을 내려다보고 있던 선장이 조타실 안에서 나오며 물었다.

"다 온 거야? 출발해?"

"잠깐만! 밑에서 볼 일이 있어. 5분이면 돼!"

선장이 그래도 좋다는 수신호를 보냈다.

세 사람은 천천히 기관실로 내려갔다. 내부는 희미한 형광등이 수명을 다했는지 깜박이며 간신히 공간을 밝히고 있었다. 귀따갑게 가동되는 엔진과 발전기 등 크고 작은 설비들 사이로 난 좁은 통로를 지나자 드디어 구석에 끼워둔 캐리어 여러 개가 보였다. 개수도 색깔도 처음의 그것과 일치했다. 그중 하나를 열자 오만 원권이 가을철 살이 꽉 찬 꽃게처럼 빽빽하게 꽂혀 있었다. 아, 세상에서 가장 아름다운 여자는 신사임당일 거라고 서현이 황홀해 마지않았다.

"잘 있는 거 봤지?"

그렇게 말하면서 순식간에 지퍼를 채워 올렸다.

갑판 위로 올라간 뒤, 진가림이 조타실을 향해 낮게 외쳤다.

"우리 어디로 갈까?"

"하난 요 위에 있고, 나머진 밑에 기관실로 가 있어!"

알겠다고 끄덕인 진가림의 말을 태열이 가로막았다. 그 후, 세 사람은 뭐라고 몇 마디 주고받더니 진가림이 선장을 향해 다시 말했다.

"그러지 말고 우리 셋 다 여기 위에 있을게! 일단 그물로 가리면 되지 않겠어?"

"뭐 하러? 자리도 좁은데?"

"이 인간이 욕심이 많아서 여자 둘을 다 갖겠다네?"

우하하하하! 선장의 얼큰한 웃음이 터져 나왔다.

"야! 자리 만들어줘!"

연거푸 하품을 할 때마다 야윈 뺨이 찢어질 것처럼 늘어난 외국인 선원 하나가 주섬주섬 그물을 치워 자리를 만들었다.

이윽고 엔진이 떨리기 시작하면서 선미에 묶여 있던 줄도 서서히 풀렸다. 배가 차츰 육지로부터 멀어지는 광경을 바라보며 태열이 속으로 생각했다. 돌아올 땐 양손에 돈가방이 그득 들려 있을 거라고.

＊ ＊ ＊

얼마쯤 지났을까? 어느덧 육지로부터 상당히 멀어진 바다 한 가운데. 서현이 출렁이는 파도 위로 오바이트를 쏟아냈다. 뱃멀미를 앓는 것이다. 불과 열두 시간 전까지만 해도 단정하게 틀어 묶었던 머리 모양은 어느새 헝클어져 있었다. 우아함과 기품이라고는 눈 씻고도 찾아볼 수 없는 그야말로 봉두난발.

"라면 먹는데 더럽게…" 어쩌다 그 내용물을 가까이서 보게 된 외국인 선원이 서툰 한국어로 구시렁거렸다. 얼핏 보니 이주노동자쯤 되는 것 같았다. 그는 버리자니 아까운지 함께 넣고 끓인 사시미만 쏙쏙 골라 먹고 나머지는 난간 밖으로 부어 버렸다. 본의 아니게 음식물 쓰레기가 되어버린 그것을 보자 더욱 속이 뒤집힌 서현이 다시 속을 게워 냈다.

"그 높은 데서 비행기도 타는 애가 뱃멀미라니. 참."

태열이 건성으로 등을 두드리며 말했다.

"말 걸지 마. 너무 메슥거려."

서현이 초췌한 눈길로 태열을 쏘아보며 말했다. 입가를 닦은 뒤, 난간에 비스듬히 눕자 그 옆에 태열도 나란히 앉았다. 하루 사이에 수염이 까칠하게 나고 피곤에 절은 모습이었다. 김환국의 죽음, 도망, 그리고 다시 나타난 진가림과 꾸민 제2의 작전. 이 모든 게 24시간도 채 되지 않은 동안에 벌어진 일이었다. 아직까지 믿기지 않은 그 일들을 곰곰이 곱씹는 태열이 진가림을 흘끗 보았다. 그 와중에 작은 플래시를 비추며 책을 읽고 있었다.

"어디로 갈 생각이야?"

"중국이지 어디긴 어디야."

여전히 고개를 들지 않은 채 대답했다.

"고향?"

"……"

"중국 어디? 목표가 있을 거 아냐?"

"청도도 좋고…" 캄캄칠야 먼바다로 시선을 옮기며 진가림이
말했다. "한국도 좋지."

"한국은 정이 떨어졌다며?"

"애 생각하면 한국만한 데가 없으니까."

"몇 살인데?"

진가림은 『주덕해 평전』을 탁 하니 덮더니 늦게 대답했다. "몰
라. 이젠 나이도 까먹었어. 아가씨 다 됐겠지."

"누구 닮았어?"

태열은 진가림의 표정에서 서글픈 미소를 놓치지 않고 물었
다. 사실 의도한 질문이었다. 유대를 형성해서 마음의 벽을 허물
게 하는 것. 전문용어로 친화적 심문 수사기법이다. 그러나 자식
이 없는 태열은 그 자식의 이야기를 계속해서 묻는 것으로 대체
했다.

"당연히 열 달 배 아파 낳은 날 닮았지. 뭘 그렇게 꼬치꼬치 캐
물어. 왜? 애 아버지라도 되어주게?"

그러나 진가림에게는 예외였다. 어쩌면 속으로 여전히 태열을
향해 날을 세우고 있는지도 모를 일이겠으나 진가림을 닮았다?
참 볼 만하겠네, 라고 속으로 생각을 삼켰다. 그러다 진가림은

4부. 비에씬타 247

문득 뭔가 떠올랐는지 배터리를 분리한 대포폰을 바닷속으로 힘껏 내던졌다. 태열도 따라 던진 뒤 조타실 안을 살폈다. 선장이 다소 지루한 모습으로 앞을 보고 있었다. 태열이 말했다.

"조선족일 줄은 꿈에도 몰랐네. 감쪽같이 속았어."

"알면 뭐가 달라져?"

"그런 뜻이 아니고. 중국어를 잘하겠네 그럼?"

"응."

"그때 그 여자가 한 말 뭐였어?"

"그 여자?"

태열은 교통사고 당시 차체에 깔려 죽은 그 중국인 여자를 언급했다. 이십 대 중반쯤 된 수수한 인상의 여자. 하나로 질끈 묶은 머리칼 사이로 잔머리가 살짝 흘러내린, 지금 생각해 보면 죽기엔 너무 아까운 여자.

진가림은 한쪽 무릎을 세우고 그 위에 다시 팔꿈치를 세워 턱을 괴고 생각에 잠겼다. 아니 잠기는 척을 하는 것이다.

"번역 앱은 왜 켰어? 어차피 너도 중국어를 다 알아듣잖아. 못 알아듣는 척하려고?"

"너희들 보여주려고. 빨리 수습하고 튀어야 되는데, 이것들이 꾸물대니까 겁 좀 주려고 한 거야. 그래서 도망치라는 말도 내가 지어낸 거고."

"그래서 그 여자가 진짜 한 말은 뭔데? 부쓰 부쓰… 그러던데? 아니란 뜻인가? 뭐가 아니란 뜻이지?"

"부가 아니라 비에- 비에씬타-."

능숙한 중국어 발음으로 말했다. 발음도 성조도 도저히 지금까지 들어왔던 진가림의 말투가 아니었다. 전혀 다른 사람 같았다.

"무슨 뜻인데?"

"그냥 징징대는 소리야. 나중에 알려줄게. 헤어질 때."

그때였다.

삐!!! 삐!!!

시끄러운 신호음이 울리면서 조타실 안의 선장이 레이더를 보고 선원에게 지시를 내리는 등 혼자 분주한 모습이 보였다. 그리고 어디선가 불이 번쩍하면서 긴 사이렌이 울렸다. 뭔진 몰라도 비상이다! 그리고 망원경에서 눈을 뗀 선장이 조타실 밖으로 고개를 길게 빼더니 다급하게 팔을 아래로 흔들며 소리쳤다.

"숨어!!!"

어둠 속에서 눈부시게 환한 불빛이 이쪽을 공격하듯 비추고 있었다. 선장이 슬쩍 나와 뒷덜미를 긁으며 서성였는데, 선장이 바라보는 쪽엔 배 한 척이 다가오고 있었다. 배 옆면에는 '덕적 301'라는 시뻘건 글자가 또박또박 박혀 있었다. 비린내가 짙게 배인 수밀문을 슬쩍 열고 눈만 내민 서현이 바깥을 살피며 작게 물었다.

"저게 뭐예요??"

"어업지도원이야. 단속 떴어."

"이 새벽에요?"

"그러니까 단속이지. 죽은 듯이 있어야 돼. 들키면 전부 다 끝장이야."

문틈으로 보건대, 구명조끼를 착용한 어업지도원이 넉살 좋게 웃으며 갑판 위로 올라왔다. 날렵하게 올랐지만 결코 자연스럽지 못한 모양새에서 어쩐지 고기잡이를 업으로 삼고 사는 어부들과는 또 다른 결이 느껴졌다. 책상머리 앞에서 그들을 주관하고 감시하는 서류 위에 펜대나 굴릴 것 같은. 나이는 50대 중반쯤 됐을까? 얼굴은 웃고 있지만 그 뒤엔 탐욕과 의심이 숨겨져 있었다. 날씨가 어떻고, 요즘 고기잡이 형편이 어떻고, 해경 아무개가 갑질을 하네 마네 여러 이야기가 오갔지만 결국 길게 늘어뜨린 말꼬리에는 은밀한 협박이 담겨 있었다.

"선장보다 높아요?"

"바다에선 저 인간이 대통령 큰아버지야."

그러자 서현은 어깨를 움츠리며 엉덩이를 뒤로 뺐다. 이거 잘못 하다가는 돈도 돈이지만, 밀항선에 오른 자체만으로도 죄가 될 수도 있다는 생각에서였다.

5분여간 선장과 대화를 나누던 어업지도원이 문득 외국인 선원의 뺨을 후려갈겼다.

찰싹!!!

"새끼가 어디서 따박따박 말대답이야, 건방지게!"

그러면서 문제 삼는, 아니 트집을 잡았다고 해야 맞을 문제의 작살 하나를 꼬나 쥐면서 위협했다.

"내가 이걸로 네 배 한 번 찔러 봐? 그래야 정신 차리겠어?"

실은 선장에게 하는 소리였다. 선장 들으라고. 돈 내놓으라고.

"내가 이런 거 불법이라고 했어, 안 했어?"

이대로는 안 되겠다며, 허리춤에 손을 얹고 빠른 걸음으로 갑판 위를 오가며 또 다른 트집거리를 찾기 시작했다.

"야! 명부 가져와!"

"에이, 왜 이래, 형씨."

"형씨? 지금 장난해? 명부 가져와!"

진가림은 탑승한 승무원들 인적 조사를 빙자한 불법체류자 감시용이라는 걸 모를 리 없었다. 그리고 이때쯤이면 선장이 진작 그의 허리춤에 뒷돈을 찔러줘야 했다. 그냥 담뱃값이 아니라 아예 한몫. 그러나 이 배의 선장은 밀항으로 빌어먹고 사는 어부가 아닌 것 같았다. 흔히 문제가 되는 부분들, 포획이 금지된 치어를 대량 뒤로 빼돌리거나 어획량을 속이는 게 전부였으니 이럴 때를 대비한 대처법도 전혀 숙지하지 못한 건 당연하다. 불법 항로를 먼저 내민 것도 진가림이었으니까.

계속해서 갑판 위에서는 실랑이를 벌이는 두 사람의 고성이 오갔고, 진가림은 예기치 못한 난관에 피가 마르는 기분이었다. 방법이 없다.

"가져와! 그렇지 않으면 방향 틀어!"

어업지도원의 까끌까끌한 목소리가 들려왔다. 자신이 요구한 바가 이루어지지 않은 상황에 대해 어깃장을 놓고 있는 것이다.

이러지도 저러지도 못하던 그때, 한 줄 레이저 줄기처럼 그의 시선이 어쩌다 이쪽을 스쳤다.

"!!!"

진가림이 서둘러 수밀문을 닫으며 몸을 숙였다. 동시에 태열의 옷깃도 잡아끌었다.

"봤어!"

"봤어?" 태열이 물었다. "눈 마주쳤어?"

진가림은 대답 대신 입술을 꼭 깨물었다. 위태하게 흔들리는 형광등 밑에서 그녀의 눈 밑에 대단한 결심이 드리운 것만은 보였다.

쿵.

. 쿵.

쿵.

올 것이 왔다. 발소리가 점차 이쪽으로 다가오는 게 느껴졌다. 서현이 바들바들 떠는 와중에 진가림과 태열이 눈빛을 교환했다. 다른 점이 있다면 태열은 물음표였지만 진가림은 느낌표였다는 사실이다.

쿵.

쿵.

머리 위까지 발이 올라왔다. 더는 방법이 없다.

진가림이 천천히 수밀문 위로 손을 가져갔다.

"어쩔 생각이야?"

그리고 그의 말이 끝나기 무섭게 진가림이 수밀문을 활짝 열어 젖혔다. 마찬가지로 심장이 멎을 것 같은 태열의 눈앞에 그들의 표정과 크게 다르지 않은 어업지도원이 주춤하며 서 있었다. 입을 떡 벌린 채 손가락으로 세 사람과 선장을 번갈아 가며 흔들어 댄 그는 잽싸게 목에 매달고 있던 무전에 손을 가져갔다. 정확히 동시에 일어난 일이었다. 서둘러 갑판 위로 오른 진가림이 그에게 달려들어 넘어뜨렸다.

"站住!"

(짠주) 멈춰!

그리고 손을 발이 되도록 싹싹 빌더니 상황을 모면하기 위해 능숙한 중국어를 주절대며 연기를 펼쳤다.

"중국 애야?? 너, 너, 이 자식." 그러면서 선장을 향해 눈을 부라렸다. "너 안 되겠다! 불법체류자를 하나도 아니고 셋씩이나!"

그러면서 몸을 일으켜 다시 무전기에 뭐라고 입을 대려는데,

푹!!!

.

.

.

이쪽으로 손을 뻗던 선장도, 한쪽에서 어쩔 줄 몰라 겁에 질려 서 있던 선원도 순간 얼음처럼 굳어 버렸다. 쉿소리 나는 엔진음이 바닷속을 지나는 소리만이 들릴 뿐 세상이 멈춘 것 같았다. 두 손을 싹싹 비비는 시늉을 하며 간절한 눈빛을 짓던 진가림의

눈자위가 서서히 차갑게 말라갔다. 눈앞에는 어느덧 태열이 서 있었는데 오른손에는 날카로운 쇠붙이가 들려 있었고, 거기서 피가 한 방울씩 뚝뚝 떨어졌다. 진가림은 갑판 위로 점차 번지는 핏방울을 물끄러미 내려다보았다.

"사, 사, 살려…"

어업지도원은 지금에라도 도망을 쳐야겠다고 여겼는지 자신의 목을 움켜쥔 채 비틀거리며 뒷걸음질을 쳤다. 그 투박하고 굵은 다섯 손가락 사이사이에서 피가 흥건하게 흘러나왔다. 목덜미로 어깨와 구명조끼까지 온통 피 칠갑을 한 그가 결국엔 쿵! 하고 쓰러지고 말았다.

"치워."

선장이 외국인 선원에게 말했다.

"자, 자, 잠깐…"

태열은 자신이 쥐고 있던 쇠붙이를 땡그랑, 하고 떨어뜨리더니 숨이 끊긴 어업지도원을 향해 손을 뻗었다.

"잠깐! 이, 이건 사고였어! 벼, 병, 병원에 데려가자!"

선장은 듣는 둥 마는 둥 하였다. 새끼를 밴 어미 고래를 불법 포획하고, 수역을 넘어오는 중국 어선들과 그간 숱하게 부딪혀 오며 닦고 터득한 냉정함으로 속전속결이었다.

풍-

덩-

순간 풍랑을 만난 배가 심하게 흔들렸다. 그동안은 멀쩡했던 배가… 마치 그동안 이미 금이 쩍쩍 가 있던 그들의 신뢰 관계를 단면적으로 보여주듯이.

"아, 아, 안 돼… 이건 정말 사고였어. 저 사람이 먼저 우리를 신고하려고 했잖…"

그때, 어느새 갑판 위로 올라온 서현이 한쪽 귀퉁이에서 파랗게 질린 얼굴로 서 있었다.

"아, 아시아나…! 넌 나 믿지?"

고장 난 오르골 인형처럼 서현이 고개를 좌우로 절레절레 흔들었다. 그녀의 손에는 스마트 폰이 들려 있었고, 잘못 터치한 까닭에 플래시가 켜진 상태였다. 그리고 녹화 중인 동영상!

진가림이 천천히 자리에서 손을 털며 일어났다. 연극의 막이 내리고 그 막 너머에서 허탈감과 해방감에 사로잡힌 배우의 얼굴처럼.

"양 소장. 나야 중국 가면 그만인데, 양 소장은 어떡할래?"

대체 무슨 소릴 하냐는 눈빛으로 태열이 진가림을 쳐다보았다.

"쟤가 나중에 신고라도 하면 양 소장 인생 참 볼만하겠다. 그치?"

그러면서 진가림은 가까이 다가와 옷매무새를 정돈해 주는 척 목소리를 바꾸고 귀에 대고 다시 말했다.

"딴 맘이라도 품으면 어쩔 거냐고? 경찰복 벗는 게 대수야? 수갑 차고 빵에 가고 싶어?"

마지막 '빵에 가고 싶어'를 말할 땐 어금니에 힘을 주고 나직이 내뱉었다. 그리고 한 걸음 물러난 뒤 스티로폼 박스에 앉으며 한쪽 다리를 다른 쪽 무릎에 올리며 말했다.

"선택해."

그러면서 진가림은 서현을 향해 이곳에서 진짜 이방인은 너라고, 너가 있으면 이 배에 탄 모든 사람들의 앞날이 위험할 거라고 노골적으로 압박했다.

"흐윽… 흑…"

서현에게 천천히 걸음을 떼는 태열의 입에서 흐느끼는 소리가 흘러나왔다.

"아, 아저씨! 아니야! 무슨 소릴 하는 거야 지금?" 그러다가 뒤늦게 촬영하고 있던 자신의 스마트 폰을 확인하더니 소스라치게 놀라 바닥에 떨어뜨렸다. "지, 지우면 되잖아. 내가 왜 아저씨를 신고해? 저, 절대 안 해! 자, 잘못했어! 난 단지…"

시간이 얼마 안 남은 상황에서 어떻게든 역전을 꾀해보겠다고 머리 맞대고 작전을 세우는 상대 팀을 바라보는 농구 감독처럼 진가림은 눈썹을 씰룩이며, 또는 조롱조로 끄덕이며 다음 말을 기다렸다.

서현은 퍼뜩 좋은 생각이 떠올랐는지 이번엔 이렇게 둘러댔다.

"다 저 아줌마 때문이야! 우리가 차라리 힘을 합세해서…!"

그러다가 그마저도 얼토당토않다는 걸 깨달았는지 흐느끼며 두 손을 비볐다.

"잘못했어! 살려줘! 나 돈 안 가질게! 아저씨 다 가져. 응?"

그 순간, 태열이 뭘 하기도 전에 선장이 바닥에 펼쳐진 그물 한쪽을 확 잡아당기자, 순식간에 난간에 위태롭게 기대 서 있던 서현의 발이 미끄러지면서 뒤로 넘어갔다. 찰나에 일어난 일이었다.

풍-

덩-

살려달란 소리는커녕 으악! 소리도 제대로 질러보지 못하고 그대로 눈앞에서 감쪽같이 사라져 버린 것이다. 태열이 뒤늦게 놀라 손을 뻗었지만, 이미 저만치 흘러간 바다 위는 약간의 물결 파문만이 일었다.

"나이스!!!"

진가림이 아이처럼 상기된 얼굴로 환호했다.

"인상 펴. 양 소장. 어쩔 수 없었어."

자신을 경멸과 노여움으로 가득 찬 얼굴로 바라보는 태열을 향해 그렇게 어르고 달래듯 말했다. "캐리어는 이제 양 소장하고 나, 둘이 뿜빠이야. 아니다. 양 소장이 더 가져. 내가 양보할게."

"닥쳐!"

진가림의 팔을 거칠게 뿌리치며 소리를 질렀다. 어느새 태열의 얼굴 위로 비 오듯 땀이 흘렀다. 손으로 얼굴을 썩썩 비빈 태열은 성난 목소리로 물었다.

"동거남… 네가 죽였지?"

진가림은 대답 대신 예능 프로그램이 지루해 여기저기 채널을 돌리는 따분하다는 듯한 표정으로 대신했다.

"대답해! 죽이고 잠적한 거잖아. 왜 죽였어?"

"어쩔 수 없었어." 냉담한 어조로 대답했다. "우리 애를 못 데려오게 막았으니까."

"뭐?"

"한국에서 기반 닦이면 우리 애 데려와도 된다고 갖은 개소리로 날 구슬려대더니만, 나중에 가서 딴소리를 하는 거야. 그 씨발놈이. 말 바꾸는 것도 모자라서 내 얼굴에 국그릇을 던지는데 내가 한국에 와서까지 그 꼴을 당해야겠냐? 그런데, 여기서 이거 하난 정확히 짚고 넘어가자고. 내가 쑤신 게 아니야. 지가 내가 들고 있는 가위에 찔린 거지. 살려달라고 하길래 그냥 무서워서 도망쳤어. 그게 다야. 거짓말 아니야. 그러니 대갈빡 팍팍 돌아가는 경찰들도 부검해보니까 아무래도 이건 찔린 게 아니라 지가 몸을 갖다 박은 거거든. 그러니 나를 용의자로 단정 짓지 못한 거고. 그러니 일찌감치 손 뗀 거지. 나에 대해 알아봤다면서 그거까진 몰랐나 봐? 뭘 그렇게 뚫어지게 봐? 어떻게 그럴 수 있냐고 묻고 싶은 거지 지금? 이것 봐. 자식도 안 낳아본 니가 어떻게 알겠어, 어미의 심정을."

그러면서 최영춘도 앞뒤 사정 알지도 못하면서 '훔친 돈'을 중국에 보냈다는 이유만으로 자신을 질책했다며 그녀의 쓸모없는 자궁에 대해 악담을 퍼부었다.

"아무리 그래도 그렇지! 어떻게 그러고 긴 세월을 입 다물고 지낼 수 있어? 어떻게?!"

"남편 없는 년이 별 수 있냐? 악으로 깡으로 버텼다! 왜?! 내 새끼 때문에!"

"미친년! 악마 같은 년!"

"실컷 떠들어. 어휴, 웬수 바가지들. 몇 푼 쥐여 주고 좋게 헤어지려고 했는데 왜 이렇게들 협조를 안 해주나 몰라."

"그때 김환국한테 전화한 게 너 맞지?"

"그래."

"왜 문 열지 말라고 했었던 거야? 왜 도와줬던 거냐고?!"

"왜긴 왜야?"

김환국에게도 딸이 있다. 늦은 나이에 세 번째 결혼한 여자와의 사이에서 낳은 딸이라는데, 결혼은 거짓말 같고 동거였던 것 같다. 아이를 낳자마자 떠넘기고 도망갔으니. 그의 노모가 도맡아 기르다가 캐나다로 조기유학을 보냈단다. 성적이 좋아서 토론토대학교에 장학금을 10만 달러나 받고 입학했다고- 여기까지는 함께 다니면서 귀에 딱지가 앉도록 들은 자랑이다. 그녀에게도 자식이 있다. 동전의 양면처럼 악마 같은 이면에는 진절머리 날 정도의 모성애가 자리하고 있다. 그래서일까? 멀리 떨어져 지내는 자식을 뒷바라지하는 같은 심정에서였을까? 그러나 그러한 일말의 인간적인 면모를 기대한 것조차 실수였다.

"그 새끼가 잡혀서 죽어 버리면 나만 일이 피곤해지잖아!"

"고작 그런 이유였어? 김환국한테 미안하지도 않아?"

"왜 그 자식 편을 드는데?"

"편 드는 게 아니잖아!"

"그 새낀 사람을 팔았지만, 난 사람을 구했어!"

"니가 대체 누굴 구했다는 거야?!"

"내 아이! 내 새끼! 뭐? 더 누가 있을 줄 알았어?! 내가 하느님이야? 부처님이야?! 나한테 뭘 바래?!"

"……"

잠자코 상황을 지켜보던 선장은 조타실로 들어가 버리고, 외국인 선원도 주섬주섬 그물을 정리하기 시작했다. 갑판 한 가운데에 진가림과 태열만이 대치하듯 서 있다. 목덜미 사이로 쌀쌀한 바닷바람이 스치고, 태열의 얼굴은 한없이 황폐했다. 진가림은 이내 주눅이 든 것 마냥 한결 표정을 풀고 말했다.

"알아. 나한테 정떨어진 거. 근데 우리가 피차 정으로 맺어진 사이는 아니잖아? 사두蛇头, 밀항알선자만 만나면 돼. 그땐 우리 깔끔하게 갈 길 가자."

"돈."

"응?"

"돈 가져와. 캐리어는 지금부터 전부 내가 관리한다. 내 손으로."

그러자 진가림은 선뜻 대답하지 못했다. 다시 한번 그녀의 얼굴에 날것의 당혹감이 스쳤다. 마치 쌍 삼을 겨우 막았는데, 예기치 않은 한 수로 양방 4알뒤가 개방된 오목돌 4개를 맞닥뜨린 상황처럼. 진가림은 뒤늦게 태열의 기력을 다시 확인하듯이 너털웃음을 터뜨렸다.

"아하하… 아, 날 못 믿겠어서?"

"그래."

"아하하…"

상대방의 '양방 4'를 막는 방법은 단 하나뿐이다. 내가 5를 만들면 된다. 진가림은 뜻밖의 상황에 골똘히 고민하듯 먼바다로 시선을 던졌다. 여명이 터오기 직전의 보랏빛이 아주 미세하게 동녘 하늘 끄트머리에 잔잔하게 깔렸다.

"빨리 말해. 그렇지 않으면 협조는 없어. 너도 지금 내 손에 죽는 거고."

"음…"

진가림은 이미 막장이 되어버린 오목판 위에서 과연 자신이 5를 만들 구석이 있는지 연신 더듬는 눈길로 사방을 훑었다. 그리고 짧은 침묵을 깨고 대답했다.

"좋아. 캐리어 전부 다 양 소장이 갖고 있어."

설마 그녀는 '수'를 찾은 걸까?

13

출발 1시간 반 만에 두 명이 죽어 나간 배 위에는 형언할 수 없는 살기(殺氣)가 감돌았다. 수더분한 얼굴로 유일한 낙이라고는 소주에 회 한 접시가 전부일 것 같던 선장은 살인을 저지른 후 부릅뜬 눈으로 앞을 주시하며 타륜을 돌렸고, 외국인 선원은 서현이 바닥에 떨어뜨린 스마트 폰의 케이스를 벗겨 바다에 버리더니 자신의 옷에 쓱쓱 문질렀다. 신상 아이폰. 이제 그것은 놈의 차지가 되었다.

이번엔 진가림에게 시선을 옮겼다. 그녀는 곧 자신이 타고 내려갈 때 사용할 굵은 로프를 탄탄한지 확인하기 위해 힘껏 잡아당겼다. 그리고 난간에 달린 금속 고리에 그 로프를 묶기 시작했다. 나중에 중국 배가 오면 연결하기 위함이다.

조금 전까지만 해도 옆에 있었던 서현을 입에 올리는 사람은 단 한 명도 없었다.

스물여덟 살. 전문대 항공운항과를 졸업 후, 준비 기간 없이 단번에 승무원으로 취직이 됐다던 그녀는 서른 즈음에 퇴사 후, 승무원 준비생들을 교육시키는 학원을 차릴 거라고 포부를 밝혔다. 메이저 항공사에서 퇴사한 동료 선후배들을 스카우트하여 강사 자리도 줄 거라며 재잘거리던 얼굴이 눈앞에 아른거렸다. 그렇게 학원도 차리고, 아파트도 살 거라던 그녀는 누구보다 악착같이 돈을 모아서 부자가 될 거란다. 그래야 외동딸을 기르느라 평생 재혼도 안 하고 혼자 사시는 아버지를 호강시킬 수 있다고. 그 꿈을 이루게 된다면 노총각 경찰 아저씨인 자신에게도 괜찮은 짝을 소개해 주겠다고 으스대기도 했다. 어업지도원의 목에 흉기를 들이댔을 때, 그 모습을 촬영한 그녀에게 원망은 없다. 누구라도 그랬을 것이다. 비정상적인 인간들 틈에서 유일한 정상인이었지 않나. 아깝다, 고 태열은 생각했다. 그 하얗고 가느다란 목덜미가, 남들은 비싼 돈을 들여 고친다던데 그 타고난 피부와 오똑한 콧날과 쌍꺼풀이, 만으로 스물일곱 해를 미처 채우지 못한 인생이.

"양 소장! 내 말 듣고 있어?"

진가림이 날카롭게 소리쳤다.

"무슨 말?"

"정신 안 차릴래?" 이젠 누가 봐도 명백히 어른이 아이를 꾸짖는 태도였다. 진가림의 손에는 소화기 크기의 물건이 들려 있었는데, 정확히 그것이 무슨 물건인지는 파악하기 어려웠다. 그녀의 말대로 태열은 여전히 패닉 상태다. 너무 낡아버린 얼굴은 하룻밤 사이에 열 살은 더 먹은 것처럼 보였다.

"이제 곧 나타날 거라고."

"네가 말한 바다의 도둑놈?"

"그래."

그러면서 진가림은 선장을 큰 소리로 불렀다. 둘은 사전에 주고받은 이야기가 있는 모양인지 1킬로미터 이상의 간격을 벌려야 한다는 둥, 방향은 서남쪽 어디라는 둥 나름의 작전을 짰다.

"GPS 껐지?"

"진작 껐어."

태열이 가만 두고 볼 수 없어 자리에서 일어났다.

"나에게도 공유해."

진가림과 선장이 말을 뚝 멈추고 태열을 동시에 바라보았다. 서현을 몰아세우던 아까와 똑같은 상황이다. 그러나 이번엔 이방인의 역할은 태열의 몫이었다. 의심과 경계를 뛰어넘어 텃새 가득한 눈빛. 이젠 한편으로 여기는지 의문이 들 만큼 차가운 태도로 그들은 입을 열지 않았다. 선장이 조타실로 휙하니 들어가 버리자, 진가림이 태열에게 몸을 돌리고 말했다.

"양 소장, 잘 들어. 우리에겐 마지막 관문만 남았어. 이 관문만 잘 넘기면 양 소장이나 나나 떵떵거리며 살 수 있을 거야."

"그래서 내가 해야 될 일은?"

"없어."

자르듯 말했다.

"없다고?"

"아! 있다!" 그러면서 힐끔힐끔 바다 쪽을 보는 것을 잊지 않았다. 그곳은 선장이 조타실에서 망원경으로 주시하는 방향과 일치했다. "그냥 가만히 있어 줘. 내가 하는 대로."

"어렵지 않아. 도대체 무슨 일이길래 그래?"

그때였다.

"지금이야!"

조타실 밖으로 얼굴을 내민 선장이 낮게 부르짖었다. 마치 친구와 집을 어지르고 놀다가 부모님이 들어오시는 발자국 소리를 들었을 때처럼 긴박하게. 그러자 진가림의 지시를 받은 외국인 선원이 그녀로부터 '소화기 크기'의 물건을 전달받았다. 그리고 그것의 정체를 알기까지 몇 초 걸리지 않았다. 그것은 조명탄이었다. 선원이 하늘을 향해 한 발의 조명탄을 발사했다. 그러면서 동시에 선장은 타륜을 황급히 돌려 방향을 바꾸었다. 일전에 말한 그 '바다의 도둑놈들'이 나타났고, 해경의 주의를 그쪽으로 돌리는 모양이었다.

진가림이 안도의 한숨을 내쉬며 가슴에 손을 얹었다.

"양 소장. 휴, 살았어."

"살다니? 이제 된 거야?"

"그래! 들키는 건 우리가 아니야. 내가 말한 그 도둑놈들이지. 그쪽으로 해경의 감시를 따돌렸어. 방금."

그러면서 태열의 옷깃을 잡고 아이처럼 방방 뛰며 웃었다. '도둑놈들'. 태열은 그 단어를 몇 번이고 뇌까리며 웃어야 되나 울어야 되나 모를 그 상황에서 바다를 주시했다. 그녀의 말이 사실이라면 일단은 안심이다.

그리고 정확히 15초 후에,

삐이이잉-

삐이이이이잉-

돌연 어디선가 사이렌이 울렸다. 어업지도원의 배에서 난 소리와 확연히 달랐다. 해경의 단속이 뜬 것이다.

"후훗. 저길 봐. 쟤네 이젠 뒤졌어. 우린 그냥 편하게 구경이나 하면 돼."

그러면서 다시 한번 선원에게 조명탄을 전달하며 발사를 지시했다.

그.런.데.

태열의 시야에 뭔가 잡혔다. 작은 먼지 같던 그것은 아주 미세하게 그 크기가 커졌는데, 다름 아닌 또 다른 어선이었다. 그것도 낡디 낡은 목선. 실눈을 뜨고 더 자세히 보려고 애를 썼다. 하나, 둘, 셋, 넷… 다섯… 머릿수는 점차 늘어나 무려 일곱 명이었다. 도둑놈들? 중국 쪽 불법 조업 어선인 걸까? 아니면 역시 밀항선? 그렇다면 마약을 실었을까? 불법체류자를 태웠을까? 아니면 둘 다 일수도 있다. 진가림의 옆얼굴을 보니 웃겨 죽겠다는 듯이 입꼬리가 귀에 걸려 있었다. 그 섬뜩한 웃음을 보자 불안감이 짙어졌다. 그 불안감은 정확했다.

뭔가 잘못 되어가고 있다.

태열은 서둘러 조타실에 뛰어 들어가더니 선장의 망원경을 빼앗아 해당 지점을 관찰했다. 사람들이 많다. 남자 노인, 젊은 남자 두 명, 여자 두 명, 그중에 하나는 노인, 그리고… 아이… '들'도 있었다. 태열은 망원경을 눈에서 떼고 혼란스러운 얼굴을 지었다. 저들은 가족이다! 여러 가능성이 있겠지만 이 시간에, 저 허름한 배에, 그것도 일가족이 모두 몸을 실었다? 그렇다면 답은 하나다.

탈북 어선!

태열은 재빨리 갑판 위로 뛰어나와 외국인 선원을 제지하기 위해 몸을 날렸다.

"지금 뭐 하는 거야?!!"

진가림이 악다구니를 썼다.

"멈춰!!!"

"미쳤어? 돈 안 나눌 거야?!"

진가림은 아랫입술을 꽉 깨물더니, 냅다 달려들어 태열의 등을 뜯어말렸다. 2대1이다. 양쪽 사이에 낀 태열이 결국 진가림에 의해 떨어져 나가자 외국인 선원이 이어서 두 번째 조명탄을 발사했다. 포물선으로 그리듯 날아간 조명탄은 아쉽게도(?) 표적이 되는 어선의 근처 해상에 떨어졌다. 저걸 계획했던 거구나- 그곳의 모든 주변이 환하게 드러났다. 마치 대낮처럼. 그 망망대해에 작은 쪽배가 유난히 초라해 보였다.

삐이이잉-

해경의 서치라이트가 그곳을 공격적으로 비추었다. 고속정은 3톤 정도 되는 작은 배였는데, 작은 크기와 달리 하얀 물보라를 일으키며 전속력으로 탈북 어선을 향해 달렸다.

부와와앙-

이어서 해경 측에서 확성기를 통해 경고 멘트가 새벽 해상에 울려 퍼졌다.

"도둑이라며!!!"

"그래 도둑이야."

"눈이 있으면 봐! 모르겠어? 저 사람들이 어째서 도둑이야? 탈북자들이잖아! 살겠다고 온 탈북자들!"

"그러니까 도둑이라고! 이 병신아!"

"뭐?!"

"남의 것 빼앗아 가는 게 도둑이지 뭐가 도둑인데? 지들이 대한민국을 위해서 한 게 뭐가 있어? 이날 이때까지 지들이 뭘 했냐고? 벽돌 한 장을 나르기를 해봤니, 아니면 나처럼 세금을 내봤니? 아무것도 안 하고 욕이나 퍼붓던 것들이 뭐? 이제 와서 살겠다고 기어들어와? 이날 이때까지 개고생한 나도 너희것들한테 대접받지 못하는데! 왜 쟤들은 꽁으로 얻어먹으려고 하냐고?! 그게 도둑이 아니면 뭔데?! 뭐냐고!"

탕!

탕탕!

그 순간, 저 먼바다에서 총성이 울렸다. 탈북 어선은 반쯤 기울어지고 말았다. 그들을 간첩으로 오인한 것이다!

심장이 쿵, 하고 떨어진다는 기분을 이제야 알 것 같다. 결국 이거였다. 한국 해경의 감시를 교란 시키기 위해 연막전술을 펼친 것이다. 거기엔 인신 공양이라는 무서운 계략이 숨어 있었다. 낚이고 만 것이다.

쏴아아아-

쏴아아-

빗줄기가 점차 거세지면서 피부 표면을 두드리는 세기도 강해졌다. 천둥이 으르렁 거리고, 번개까지 매섭게 하늘을 때렸다. 얼굴에 묻은 빗물을 손으로 쓸어내리며 태열이 고함을 질렀다.

"아아아아악!!!"

조타실로 다시 뛰어 들어간 태열은 선장을 밀치고 전파를 돌리기 위해 이것저것 눌러보았다. 그러나 조작법을 모르는 데다 이미 먹통이 되었으니 연결될 리 만무했다.

"여기… 여기…"

연결도 되지 않는 무전에 대고 아무 말이나 하고 보는 태열의 입에서 흐느끼는 소리가 새어 나왔다. 이 배가 무슨 배인지, 여기가 어디인지, 위도가 어떻고 경도가 어떤지 설명할 수 없다는 사실에 무력감을 느끼자 그대로 쪼그려 앉고 말았다. 막막한 공포와 외로움이 폭풍처럼 밀려왔다. 이윽고 조타실로 따라 들어온 선장이 냅다 발로 등짝을 가격했다.

펙!

"나와!! 여긴 내 공간이야!!!"

푹 고꾸라진 태열의 두 다리가 그에 의해 갑판 위로 질질 끌려나왔다. 그리고 선장이 휘두르는 작살을 피해 몸을 데굴데굴 구른 태열은 잽싸게 자리에서 일어났다.

"양 소장! 감히 날 배신해?!"

기다렸다는 듯이 진가림이 널브러져 있던 낚싯대를 스윙하듯 날렸지만 태열이 서둘러 빼앗아 패대기쳤다.

"진가림. 너 같은 건 죽어야 해."

"싫은데?"

"넌 절대 이 배에서 살아서 못 나가!"

태열의 얼굴엔 굳은 결의가 보였다.

그때, 뒤에서 살금살금 다가오던 외국인 선원이 태열의 머리채를 한 바퀴 휘어잡더니 그대로 무릎으로 복부를 걸어차 올렸다.

펙!

"윽!"

명치에 묵직하고 단단한 통증이 박히면서 등뼈까지 뒤흔들리는 느낌이었다. 고꾸라진 태열의 눈에 철퍽철퍽 사납게 몰아치는 검은 파도와 그 위로 쉴 새 없이 쏟아지는 거센 빗줄기가 보였다.

마침 작은 중국 어선이 근처에 도착했다. 중국인 사두가 중국어로 뭐라 뭐라 소리치자 역시 진가림이 중국어로 되받아쳤다. 서로를 확인하는 것이다.

드디어 두 배가 접안이 됐다. 진가림은 아까 이미 묶어둔 로프를 팽팽하게 두 손으로 당기며 쓰러진 태열을 향해 말했다.

"넌 이래서 안 돼!"

그리고 어창 뚜껑 위에 태열이 정렬해 놓은 캐리어를 차례로 이동시켰다. 그리고 중국 쪽 배에 하나둘씩 실은 뒤에 레펠하듯 로프를 타고 유유히 내려가기 시작했다.

놓칠 수 없다. 모든 걸 파괴해 버린 여자. 수많은 무고한 생명을 기만하고 끝내 죽인 여자. 절대 이대로 보낼 순 없다.

태열은 안간힘을 다해 갑판을 기어 저만치 바닥에 나뒹구는 과도 하나를 손에 넣었다. 선원이 쓰던 칼이었는데, 선원은 그의 의도를 착각하고 주춤하며 뒷걸음질을 쳤다. 그러나 예상은 틀렸다. 태열은 얼른 고리에 묶여 있는 로프를 있는 힘껏 잘라내기 시작했다. 사실 잘라 낸다기보다 톱질하듯이 썬다고 해야 맞다. 그러나 치아로 물어뜯기도 하고, 날카로운 쇠붙이 같은 것에 힘껏 비벼보기도 했지만 좀처럼 로프는 끊어질 기미가 없었다. 그런 한편, 조타실을 벗어난 선장이 캐리어 하나를 와락 끌어안은 채 모두를 향해 흉기를 들이댔다. 자신의 몫으로 챙기겠다는 야욕을 드러낸 것이다. 그렇게 선장이 조타실을 비운 사이,

쿵!!!

암초에 부딪힌 건지 돌연 배가 한쪽으로 30도 가까이 기울기 시작했다. 커다란 충격과 함께 선장이 캐리어와 함께 미끄러져 떨어지고 말았다. 그 과정에서 캐리어는 온데간데없이 사라지

고, 난간의 툭 튀어나온 철제구조물에 부딪힌 선장만이 그물에 칭칭 감기고 말았다.

"살려줘!"

빠져나오기 위해 허우적대는 그의 하반신까지 차오르던 바닷물이 어느새 가슴, 목, 그리고 얼굴을 덮었다. 팔딱이던 그의 신체는 서서히 움직임을 멈춰갔다. 애도란 사치라는 듯이 순식간에 갑판에 있는 모든 집기와 구조물들이 나동그라지더니 급기야 선수船首, 배의 앞부분만 치솟는 형국이 되어버렸다.

"으아악…!"

태열은 아래로 쏠리는 힘에 안간힘을 다해 한 손으로는 클리트로프를 묶는 구조물 중 하나에, 다른 한 손으로는 거기에 묶인 로프를 꽉 잡았다. 상황이 그렇게 되고 보니 로프 하나에 배 안의 태열과 배 밖의 진가림이 시소처럼 매달린 상태가 되어버리고 말았다. 동화 '해와 달'처럼 느껴졌다. 이미 오누이 한 명을 잃은 태열의 입장에서는 이 줄만 끊으면 저 밑에 달려 있는 호랑이를 바닷속으로 떨어뜨릴 수 있을 것만 같았다. 그래, 죽여야 한다. 죽여야만 한다. 점차 기우는 각도가 급격해질수록 로프를 끊어내려는 태열의 두 팔에도 힘줄이 튀어나올 것처럼 불끈불끈 솟았다.

쿵!

난간 어디쯤을 붙잡고 있던 선원이 결국 죽 미끄러지면서 둔탁한 것에 머리를 얻어맞고 바닷속으로 사라지고 말았다. 위를 올려다보니 팽팽하게 당겨져 있던 닻은 어느새 반으로 꺾여 절규하듯 녹슨 소리를 냈다. 완전히 개방된 어창에서는 코를 찌르는 악취가 진동하고, 냉각기가 파손됐는지 지하에서 원인 모를 연기가 새어 나오기 시작했다. 충돌로 인해 손상을 입은 배는 무서운 속도로 바닷물이 집어삼키고 있었다.

"침… 침몰이다!!!"

지레 겁을 먹은 중국인 사두는 캐리어를 두 개를 서둘러 배에 옮겨 실은 뒤, 뒤도 돌아보지 않고 허둥지둥 배의 방향을 틀기 시작했다.

"操你妈!!!"

(차오니마) 씨발!!!

변심한 사두를 향해 진가림이 욕설을 내질렀다. 온갖 저주를 퍼붓던 그때, 이쪽에서 아슬아슬하게 꺾이던 닻줄이 중국 어선을 덮치자 순식간에 그 작은 쪽배가 전복된 건 두말하면 잔소리다. 배가 뒤집어지면서 침수된 캐리어 두 개가 다시 둥둥 떠올랐다. 그리고 철썩이는 파도에 의해 이러저리 거칠게 떠돌아다니는 모습을 보며 진가림이 미친 듯이 비명을 질렀다.

그러던 그때, 돌연 밑부터 잠기기 시작하던 배가 오른쪽으로 기울기 시작했다. 중력에 쏠리게 된 태열은 갑판 아래로 통하는 수밀문 손잡이를 잡고 대롱대롱 매달렸다. 빗줄기는 제법 굵어져 저주받은 배를 사정없이 강타하고 있었다.

턱!

쿵!

태열이 고개를 들었다.

헉-

헉-

헉-

진가림이 작전을 바꿔 다시 로프를 타고 기어 올라온 것이다. 쫄딱 비에 맞은 채로 덜덜 떠는 그 모습이 살겠다고 솥에서 뛰어나온 미친 닭처럼 느껴졌다. 진가림은 태열의 머리 위에 걸려 있던 구명조끼를 손에 넣는 데 성공했다. 새벽 바다의 한기에 온몸을 두들겨 맞은 탓인지 이를 딱딱 부딪쳐가며 말했다.

"양 소장."

헉-

헉-

헉-

태열은 점차 오른쪽으로 쏠리는 중력에 안간힘을 다해 매달려 있었다.

"죽은 그 계집애가 한 말. 무슨 뜻인지 알고 싶댔지?"

"비에씬타-."

"무슨 뜻인데?"

"그냥 징징대는 소리야. 나중에 알려줄게. 헤어질 때."

헉-

헉-

헉-

빗물이 얼굴을 뒤덮어 도저히 두 눈을 제대로 뜨기 힘든 지경에 다다랐다.

"別信她."

(비에씬타)

배는 완전히 기울었다. 직각으로 세워진 난간 위에 간신히 올라탄 진가림은 서둘러 구명조끼를 뒤집어쓰며 깔깔대며 웃었다. 이제까지 보지 못했던 얼굴이다. 우아하지도, 대범하지도 않은 얼굴. 그 얼굴은 아무도 없을 때, 집에 혼자만 남겨졌을 때 지을 수 있는 날것의 표정이었다. 속마음을 여과 없이 배출해 내는 흉포하고 섬뜩한 악마의 얼굴.

"그 여자를 믿지 말라고."

"……!"

태열의 눈자위가 경련이 일 듯 떨렸다. 죽어가던 그 여자가 하얗게 뜬 입술로 마지막 힘을 다해 쥐어짜던 그 말. 자신이 어서 죽기만을 숨죽이고 기다리던 진가림을 가리켜 하던 그 말!

"그 여자를 믿지 마…!"

.

.

.

그 경고를 무시한 대가가 이거란 말인가? 얼마나 많은 사람이 이용당하고 죽었나?

　풍- 더엉-

　진가림이 과감하게 밖으로 몸을 던졌다. 태열의 눈이 기억하는, 그러니까 머릿속에 희미하게 남은 잔상은 캐리어 한 개를 끌어안은 그녀가 파도에 몸을 맡기고 둥둥 흘러간 것이다.

＊ ＊ ＊

　일주일 후.

　상부의 지시로 꾸려진 수사본부 내부는 분란했다.

　한쪽에는 결재해야 할 조서들과 수사 자료들이 수북이 쌓인 가운데, 곳곳에서 전화벨이 끊이지 않았다. 담당 형사는 여러 팀으로 나눈 뒤, CCTV의 세밀한 분석을 지시했고, 팀원들이 여러 모니터에 코를 박고 열중하는 데 여념이 없었다. 단서가 될 만한 자료를 녹화한 CD들은 고유번호 스티커를 부착한 뒤에 한쪽에 죽 나열했다. 그런 가운데, 한쪽 귀퉁이에 태열이 체념한 얼굴로 앉아 있었다. 하얗게 퍼진 새치, 씻지 않아 푸석한 피부와 푹 꺼진 눈자위, 각질이 일어난 잿빛 입술, 그 사이로 비치는 말라비틀어진 치아. 맨발에 후줄근한 옷차림을 본 형사는 깊은 한숨과 함께 진술서를 책상에 내려놓았다. 그리고 세상 근심을 다 끌어안은 얼굴로 한참 후에 입을 열었다.

"이왕 그렇게 돼서 내려왔으면… 여기서라도 잘 좀 하시지 그랬어요?"

"……"

"뭐, 잘 알아들었습니다. 일단 말씀하신 것들이 다 사실이라는 전제하에 말하자면… 그 진가림인지 뭔지 하는 캐릭터는 우리 쪽에 어떤 자료도 없는 사람입니다. 게다가 바다에서 행방불명 됐다면서요? 이 사건은 그냥 종결될 겁니다."

태열이 천천히 고개를 들었다.

"그 여자… 찾아야 합니다. 벌 받아야 합니다."

"휴…"

"사진… 보셨잖습니까? 사진으로 찾으면 됩니다."

형사는 도무지 못 말린다는 듯이 말했다.

"양 경감님이 제출하신 사진은 잘 봤습니다. 그런데 사진 속 그분은 옛날에, 그러니까 2014년도에 전남 목포에서 방과후 교사로 있던 한문 교사세요. 저희가 사진으로 다 검색해 봤습니다. 2014년 그때가 슈퍼차이나니 대국굴기니 뭐니 막 중국 열풍이 불었을 때 아닙니까? 초등학교에서도 제2외국어 수업이 인기였는데 그때 초등학생 상대로 한자 가르치시던 분이시라고요. 김.지.혜. 선생님. 이것 보세요. 내 말이 틀리나."

그러면서 노트북을 돌려 유튜브 화면을 보여주었다. 태열의 눈이 조금씩 커졌다. 그것은 유튜브에 아주 오래전에 업로드 된 초등학교의 교육 자료였다. 재생 몇 초 후에 그녀의 모습이 나타났다. 역시나 김지혜라는 명의를 도용한 **진가림**이다.

지금보다 덜 차가운, 그러면서 어쩐지 밀려오는 긴장과 주눅감을 감추기 위해 유지하는 건조함까지. 그 모든 것이 태열의 눈에는 훤히 보였다.

영상 속 그녀는 아이들에게 한자를 가르치고 있었다. 8분쯤 재생됐을 무렵, 그녀가 문득 부산스럽게 구는 남자아이 두 명을 앞으로 불러냈다.

"둘이 왜 싸웠니?"

키 150cm 정도 겨우 되는 한 아이가 다른 아이를 원망 섞인 눈으로 노려보며 말했다.

"얘가 먼저 저를 때렸어요."

그러자 상대방 아이가 울먹이며 대답했다.

"먼저 저를 놀렸어요."

자세한 정황을 따지고 묻자, 조선족이라고 놀림 받은 아이는 화를 참지 못해 그만 주먹을 휘둘렀다고 고백했다.

"제 이름 가지고 놀렸어요…. 균… 한자로 독버섯이라고. 곰팡이라고…"

이름에 버섯 '균'자를 들먹인 것이다.

잠자코 이야기를 듣던 그녀는 놀림 받았다는 아이를 향해 말했다.

"너 그거 아니? 버섯도 꽃이라는 거."

菌

칠판에 버섯 '균'자를 크게 쓰며 말했다.

"이 글자의 부수는 맨 위에 붙은 초두머리 '초'자야."

艹

"이건 꽃을 표현할 때 주로 써."

그러면서 예시어를 써내려갔다.

花(꽃 화)

菊(국화 국)

芳(꽃다울 방)

蘭(난초 란)

蕣(무궁화 순)

英(꽃부리 영)

蓮(연꽃 련)

…

"다시 말해서 버섯도 꽃의 일종이라는 거야. 세균이나 곰팡이 따위가 아니라."

두 아이는 서먹하게 화해하고 제자리로 돌아가는 것으로 영상은 끝이 났다. 형사는 이렇게 명명백백한 증거가 있는데 괜한 사람을 범인으로 덮어씌우지 말라며 핀잔을 줬다.

"대한민국은 우릴 버렸어."

"중국에선 업둥이, 한국에선 이부형제."

업둥이.

이부형제.

태어나면서부터 두 나라로부터 버림받은 천덕꾸러기.

그중에서도 가난한 집에서 태어나 팔려 가듯 시집을 간.

태열은 재생이 끝난 유튜브 영상에 다시 시선을 옮겼다. 어쩌면 교사였던 자신에게도 간접적으로나마 상처가 되는 그 말들을 바로 잡아주면서도 미소를 잃지 않다니… 아마도 저 시기가 곰팡이처럼 배척당하며 살아온 그녀에게는 화양연화였을 지도 모른다. 과연 그녀를 악마로 만든 건 무엇이었을까? 피로 얼룩진 역사? 정치? 따돌림? 가정폭력? 돈? 마약?

.

.

.

"양 경감님? 듣고 계세요? 아무튼 간에 그것들과 별개로 양 경감님께선 책임을 피하긴 어려울 것 같습니다."

"……"

형사는 태열의 초라한 행색을 보며 안쓰럽다는 듯이 상체를 앞으로 끌어당기며 말했다.

"나라를 위해 일한다는 뻔한 소리는 안 하겠습니다. 그런데 적어도 우리가 연금을 위해 애써온 게 있잖습니까? 내가 안 됐어서 하는 소리예요. 안 됐어서.”

　이어서 키보드 두드리는 소리가 들려오고, 형사가 다시 진술서를 반복해 읽으며 확인차 질문을 던졌으나 태열은 대답하지 않았다. 그저 멍한 눈길을 떨어뜨렸다.

　어슴푸레한 석양빛이 조사실 안을 적셨다.

[경남 남해군 미조면 야산서 암매장된 시신 발견]

경남 남해경찰서는 지난 11일 새벽.

○○면 폐교 근처 야산에서 암매장된 시신 네 구가

발견됐다고 밝혔습니다.

한 명을 제외한 나머지 시신은 각각 중국과 러시아 국적인 것으로 확인,

경찰은 타살이 의심되는 정황이나 외상은 없어 본국으로 인계하기로

결정하였습니다.

.

.

.

[흥덕면 살인사건 조선족 1명 구속]

전북 고창경찰서는 지난 11일,

흉기를 들고 살인을 저지른 조선족 오 씨를 살인 혐의로 붙잡아

조사 중입니다.

경찰에 따르면 오 씨는 지난 11일 오후 5시께 고창군 흥덕면의

한 축사에서 흉기로 A 씨의 신체를 절단한 혐의를 받고 있습니다.

A 씨는 인근 병원으로 옮겨져 치료를 받던 중 사망했습니다.

경찰은 달아난 조선족 공범 아홉 명의 뒤를 추적하는 한편,

오 씨를 상대로 정확한 경위를 조사 중에 있습니다.

.

.

.

[살인 현장을 외면한 경찰관 '파면']

조선족 불법체류자 일당의 살인사건 현장을

보고도 외면한 경찰관이 파면됐습니다.

경남 남해경찰서는 직무 유기 혐의로 재판에 넘겨진 A 경감에 대해

최근 징계위원회를 거쳐 파면 처분을 내렸다고 오늘 밝혔습니다.

A 경감은 근무 중에 자신의 지인 집에서 늦은 밤 술자리를 갖던 중

자리를 비운 사이에 들이닥친 조선족 불법체류자 일당의

살인 행위를 보고 도망, A 경감은 혐의 대부분을 시인했습니다.

쿠키 – 3년 뒤

평일 오후. 지하철역 앞.

태열은 타고 온 전기 자전거를 마침 여러 대 정렬되어 있는 한쪽 코너에 부지런히 주차시켰다.

얼마 전에 쿠팡 물류센터를 그만둔 건 무릎을 다치면서부터였다. 정형외과에 가서 MRI까지 찍어보니 '내측 반월상 연골 파열'이라는 진단을 얻었다. 물리치료에 연골주사까지 3개월간 보존치료를 한다는 핑계로 집에서 놀았다. 무소득의 공백 기간은 사람을 한없이 꺼지게 할 수 있다는 것도, 오랜 골방에 혼자 틀어박혀 미디어에 빠져 사는 게 정신건강에 안 좋다는 것도 이번 기회에 깨닫게 되었다.

그때 눈에 들어온 것이 지하철 퀵 아르바이트. 뭐라도 하자 싶던 참에 솔깃했다. 대중교통을 이용하니 직접 속도를 재촉하지 않아도 된다는 점에서 부담이 덜 했다. 필요한 것이라고는 스마트 폰 하나면 만사 오케이라는 점도, 운송하는 물품도 주로 서류나 USB, 가끔 무거워 봤자 백화점 명품 식기코너에서 그릇 몇 개 분 대체로 가볍다는 점도 장점으로 꼽을 수 있다. 단점은 그것 몇 가지를 뺀 나머지 모두다. 너무 많아 일일이 열거하기 힘들지만 그중 단연 으뜸은 부모님의 걱정.

생각이 거기까지 미치면 한없이 우울해지기 때문에 태열은 그때부터 이동하는 중에는 스마트 폰으로 음악을 듣는 습관이 생겼다. 잘 몰랐던 대중가요도 이젠 어린 친구들 못지않게 잘 안다. 며칠 전에 '아파트'를 들었을 땐, 불현듯 서현이 떠올라 마음에 그늘이 졌지만…

이번 역은 청량리. 청량리역입니다.
내리실 문은 왼쪽입니다.

어느덧 목적지에 도착했다.

오전부터 부지런을 떤 덕분에 오늘은 이 일을 마지막으로 퇴근이다. 주문은 간단했다. 청량리 역 사물함 116번 칸에 서류 봉투를 넣어달라는 것이었다. 가끔 재미있는 상상을 한다. 자신이 나르고 있는 이 물건이 어떤 산업 스파이의 계략 중 하나는 아닐까, 하는. 얼토당토않은 생각이지만 실제로 미국에는 그런 회사가 있다고 한다. 곡물 회사인데, 실제로 상장하지 않은 기업 중 세계 최대 규모라고 한다. 그 회사는 수장이 의심이 많은지 모든 내부정보를 철저하게 비공개, 지류화한다고. 안전하다고? 글쎄, 너무 꽉 막힌 것 같은데. 아마 그런 회사가 이런 식으로 기밀자료를 넘기지 않을까? 지하철에서 내려 사물함까지 걸어가면서 여러 생각이 들었다. 이런 습관도 사실 대화를 나눌 상대가 없다보니 늘어나게 된 잡념이다.

116번 사물함.

태열은 품에서 반으로 접힌 서류 봉투를 꺼내 집어넣었다. 건당 1만 5천원 밖에 되지 않는 일이었지만, 누군가에겐 그만큼 요긴하게 쓰일 테니 택배보다 몇 배는 비싼 돈을 지불한 거겠지—

문득 갈증이 나 편의점에 들어가 음료수 하나를 골랐다.

＊ ＊ ＊

청량리역 플랫폼.

치이익—

소리를 내며 열차 한 대가 도착했다. 쏟아져 내리는 인파 속에서 반짝반짝 빛나는 에나멜 구두 하나가 발을 내딛는다. 검은색의 금장 버클이 달린 그것은 사실 그것의 주인 입장에선 한껏 멋을 낸 것 같으나 누가 봐도 촌스럽다. 구두의 주인은 20대 초반으로 보이는 여자다. 환하고 앳된 얼굴. 마치 SNS에서 볼 수 있는 시골의 자연미인 같은 외모다. 누구나 한 번쯤은 지나치다 슬쩍 돌아보고, 어쩌다 눈이 마주치면 5초 안에 시선을 떼기 어려운. 쉽게 말해서 호감형이다. 그러면서 동시에 촌스럽다.

여자는 스마트 폰을 들여다보며 어딘가로 향한다. 계단을 오르는 동안에는 짧은 치마가 마음에 걸리는지 연신 두 손으로 엉덩이 쪽을 가린다. 개찰구가 있는 2층으로 올라왔다. 그리고 사물함을 연다. 116번.

* * *

 잔액 부족으로 뜨자 하는 수 없이 다른 카드를 내밀었지만, 여전히 얼굴이 화끈 달아올랐다. 아무리 원샷으로 콜라를 벌컥벌컥 마셔도 치솟은 얼굴의 온도는 좀처럼 낮아지지 않는다. 솔직히… 쪽팔리다.

 편의점을 나온 태열은 무심코 사물함 쪽으로 시선을 던졌다. 그리고 방금 봉투를 넣은 것 같은 사물함 근처에 한 여자가 서 있는 것을 발견했다.

 자세히 보니 116번이 맞다.

 그 여자는 검은색 가방 안에 그 서류 봉투를 넣고 총총 사라졌다. 이제 와서 그 서류봉투 안에 뭐가 들었을까? 하는 의문이 들었다. 아주 작았다. 얼마나 작은 크기였냐면… 그것은 마치… USB 크기였던 것 같다.

 다시 그 여자를 찾으려 했지만 어느새 불어난 인파에 모습이 보이지 않았다. 태열은 대수롭지 않게 생각하고 지하철을 타기 위해 계단을 내려갔다.

 평일 오후라 그런지 플랫폼은 한산했다.

 빈 의자에 앉아 다음 열차를 기다리던 태열의 눈에 반대편 플랫폼이 보였다. 잘 닦인 투명한 스크린도어 너머로 소수의 사람만이 있다. 무얼 하는 사람들일까? 이 평일 오후에. 다들 일을 안 갔을까? 전업주부? 학생? 면접을 보고 오는 취업준비생? 아니면 백수? 그러다 피식 웃음이 났다. 그들 중 하나가 자신과 같은 퀵 아르바이트 일 거라는 가능성은 배제하다니.

남은 음료를 털어 마시고 캔을 소리 나게 꽉 찌그렸다. 동굴 같던 플랫폼에 캔이 찌그러지는 소리가 공기를 긁었다. 예기치 못한 소음에 태열도 괜히 민망해 주변 눈치를 본다. 그 바람에 반대편 플랫폼에 있던 여자가 이쪽을 본다. 태열도 어쩌다 눈이 마주쳤다. 아까 그 여자다. 116번 사물함에서 USB가 들었을지도 모르는 그 서류 봉투를 가져간 여자.

그 어린 여자가 어쩐지 자신의 고용주 같은 묘한 느낌에 태열은 쓸데없이 위화감이 든다.

그.런.데.

태열은 그녀에게서 눈을 뗄 수 없다. 그녀가 몸을 돌렸다. 그럼에도 누군가의 시선이 자신의 뒤통수에 닿는 걸 느꼈는지 여자가 슬쩍 태열을 향해 다시 고개를 돌리려는데, 때마침 그 사이로 들어온 지하철 한 대가 경적을 울리며 날쌔게 지나간다.

뭐에 홀리기라도 한 듯 태열은 자리에서 스르르 일어났다.

지나는 열차 사이로 언뜻언뜻 보이는 여자의 모습. 키 165센티미터에 마른 체격으로 어깨까지 오는 중단발이 하얗고 갸름한 얼굴에 잘 어울린다. 웃을 땐 가늘게 눈웃음이 생겨날 것 같은 그녀에게서 보이지 않는 어떤 '패기'가 느껴졌다. 그 여자에 대한 어떤 정보도 없는 상황인데도 그냥 감이다. 촉이다.

어디서 봤더라…

"아!"

태열이 자신도 모르게 외마디 감탄을 내뱉었다.

"어어어…!!!"

그녀의 얼굴 위로 누군가의 얼굴이 겹쳐 보였다. 서늘하리만큼 무표정에 어딘가 위태한 분위기를 풍기던,

"진가림!!!"

태열이 외쳤다. 그러자 그 어린 여자가 흠칫하며 이쪽을 돌아보았다. 자신의 이름이어서가 아니라, 마치… 자신도 '아는 이름'인 양.

미친 듯이 계단을 뛰어올랐다. 붙잡아야 될 것 같았다. 그 어린 여자도, 그 여자가 가져간 서류봉투와 그 안에 들었음 직한 그 **USB도.**

그러나 젖 먹던 힘을 다해 반대편 플랫폼으로 미끄러지듯 내려갔을 땐, 아무도 없었다.